Peter Dubina

DER SCHWARZE MUSTANG

HISTORISCHE WESTERN-REIHE „DAS GESETZ DES WESTENS"

EK-2 MILITÄR

Ihre Zufriedenheit ist unser Ziel!

Liebe Leser, liebe Leserinnen,

zunächst möchten wir uns herzlich bei Ihnen dafür bedanken, dass Sie dieses Buch erworben haben. Wir sind ein kleines Familienunternehmen aus Duisburg und freuen uns riesig über jeden einzelnen Verkauf!

Mit unserem Label *EK-2 Militär* möchten wir militärische und militärgeschichtliche, sowie historische Themen sichtbarer machen und Leserinnen und Leser begeistern.

Vor allem aber möchten wir, dass jedes unserer Bücher **Ihnen ein einzigartiges und erfreuliches Leseerlebnis** bietet. Daher liegt uns Ihre Meinung ganz besonders am Herzen!

Wir freuen uns über Ihr Feedback zu unserem Buch. Haben Sie Anmerkungen? Kritik? Bitte lassen Sie es uns wissen. Ihre Rückmeldung ist wertvoll für uns, damit wir in Zukunft noch bessere Bücher für Sie machen können.

Schreiben Sie uns: info@ek2-publishing.com

Nun wünschen wir Ihnen ein angenehmes Leseerlebnis!

Ihr Team von EK-2 Publishing

Der schwarze Mustang

von Peter Dubina

Ein Bild der Zerstörung

Der alte Mann beugte sich aus dem Sattel und brach einen der Pfeile ab, die aus der Holzwand des verbrannten Planwagens ragten.

„Ein Ute-Pfeil", sagte er und drehte den gefiederten Schaft zwischen den Fingern. „Nun wird bald auch in unseren Bergen gekämpft werden, denn dieser Indianeraufstand breitet sich aus wie ein Präriebrand, Sandy."

Er ließ den Pfeil fallen und warf einen prüfenden Blick auf den flachshaarigen Jungen, den er für eine Decke und eine Flasche Whiskey von einem betrunkenen Indianer gekauft hatte.

Der alte Mann wurde wegen seines Holzbeins Pegleg genannt. Er war groß und hager, mit tiefen Falten im Nacken. Seine Wangen waren eingesunken, die Augen lagen tief in ihren Höhlen, und sein Haar war eisgrau. Er hatte viele Runzeln und Narben im Gesicht, aber keine von ihnen war frisch. Sie waren so alt wie Erosionen im Antlitz eines Berges. Viele Kämpfe und Niederlagen hatten ihre Spuren in dieses Gesicht gegraben; allein die Augen waren heiter und unbesiegt.

In seinen Schaffellmantel gehüllt, saß er aufrecht im Sattel. Er trug einen abgegriffenen, alten Hut mit geradem Rand, und an seinem linken Ohr baumelte ein halbmondförmiger Anhänger an einem silbernen Ohrring.

An der Seite, an der er das Holzbein hatte, war der eiserne Steigbügel gegen einen Lederköcher ausgetauscht, in dem der Stelzfuß sicher ruhte.

Langsam ritten die beiden, der alte Mann und der Junge, durch die Indianeragentur. Wagen waren umgestürzt und reckten ihre zerschmetterten Räder zum Himmel. Hütten waren niedergebrannt, und ein langgestreckter Bau aus luftgetrockneten Adobeziegeln hatte kein Dach mehr; nur verkohlte Balken stachen noch in den kupferfarbenen Abendhimmel.

Bussarde stiegen mit schwerfälligen Flügelschlägen von umherliegenden Maultierkadavern auf und ließen sich auf rauchgeschwärzten Mauervorsprüngen nieder.

„Lass uns die Pferde tränken und weiterreiten", sagte Pegleg. „Hier ist es mir zu still. Wenn an einem Ort wie diesem die Wölfe nicht mehr heulen, sind Indianer gewöhnlich nicht weit."

„Ja, Sir!", erwiderte Sandy.

Der alte Mann musterte ihn mit einem ernsthaften Zwinkern in den hellen Augen. „Du kannst mich ruhig Pegleg nennen", gab er zurück. „Alle meine Freunde nennen mich so."

Sie zügelten ihre Pferde vor die Brunnenmauer, und trotz seines Holzbeins schwang sich der alte Mann aus dem Sattel.

„Hilf mir!", forderte er Sandy auf, und der Junge saß ebenfalls ab und trat an die hölzerne Seilwinde. Pegleg betrachtete ihn flüchtig. Sandy war mager, und die Hose und das Hemd, die er trug, waren zerlumpt und abgerissen. Seine Füße steckten in Mokassins. Flachsblondes Haar hing ihm in das schmale Gesicht. Der alte Mann fühlte Mitleid in sich aufsteigen.

Kreischend begann sich die Kurbel zu drehen, das Seil straffte sich, und Sandy konnte hören, wie der Eimer in der Tiefe des Schachtes hin und her schwankte.

„Der Brunnen ist verseucht", murmelte Pegleg, als er den Eimer auf die Erde stellte. „Wahrscheinlich haben die Utes einen Hund erschlagen und da hinuntergeworfen."

Dunkle, ölig schimmernde Spuren schwammen auf dem Wasser, und Pegleg stieß den Eimer zornig mit seinem Holzbein um.

Der alte Mann trat neben sein Pferd, zog die Winchester aus dem Sattelschuh und lud sie durch.

„Du wirst hier bei den Pferden bleiben", sagte er zu Sandy, „während ich mich umsehe. Wenn du einen Schuss hörst, verstecke dich irgendwo und kümmere dich nicht um mich! Hast du verstanden?"

Sandy nickte, und Pegleg stakte mit seinem Holzbein schwerfällig durch die niedergebrannte Indianeragentur. Als er die Adoberuine betrat, erhob sich eine Wolke von Bussarden und Krähen mit rauem Geschrei aus den rauchgeschwärzten Mauern.

Die Pferde scheuten, und Sandy hatte Mühe, sie festzuhalten. Dicht an dicht saßen die Vögel auf den Mauerkronen, als warteten sie nur darauf, dass die Menschen diesen Ort wieder verließen.

Sandy tätschelte den Pferden noch immer die Hälse, um sie zu beruhigen, als Pegleg zurückkam. Wortlos schob er die Winchester wieder in den Scabbard, die lederne Gewehrhülle, löste seine Wasserflasche vom Sattelhorn, trank einen Schluck und wischte sich den Mund mit dem Handrücken.

„Da haben die Utes ganze Arbeit geleistet", murmelte er, als er Sandy die lederumhüllte Blechflasche reichte. „Sie haben niemanden am Leben gelassen, nicht einmal die Hunde und Maultiere."

Er hängte die Flasche, die Sandy ihm zurückgab, wieder an den Sattel, hob dann die herabhängenden Zügel seines Braunen auf und setzte seinen Fuß in den einen Steigbügel, um sich in den Sattel zu schwingen. Doch plötzlich verharrte er mitten in der Bewegung, und der Ausdruck seines faltigen Gesichts veränderte sich.

Sandy folgte seinem Blick und sah, wie Bussarde und Krähen von den östlich gelegenen, niedergebrannten Hütten aufstiegen. Lautlos glitten sie in die Höhe und begannen dort ihre Kreise zu ziehen.

Pegleg blieb einen Moment neben seinem Pferd stehen, die Hand am Sattelhorn, und seine Augen verfolgten die Vögel, dann zog er den Fuß hastig wieder aus dem Steigbügel.

„Komm, schnell!", sagte er, und seine Stimme klang anders. So rasch er konnte, stolperte er, den Braunen am Zügel hinter sich herziehend, auf die Adoberuine zu, und Sandy folgte ihm mit seinem Indianerpferd.

Ohne ein Wort zu sprechen, leinte der alte Mann die beiden Tiere an einem herabgestürzten, verkohlten Dachbalken an.

„Schnell, zieh dein Hemd aus und wickle es deinem Pferd um die Nüstern", befahl er dann. Er zog die Winchester aus dem Sattelschuh und warf sich hinter einem Mauervorsprung zwischen zertrümmertem und verbranntem Hausrat und leeren Fässern nieder. Sandy, der nun den kühlen Wind auf der bloßen Haut fühlte, kroch neben ihn.

Er wollte etwas sagen, doch eine Handbewegung Peglegs brachte ihn zum Schweigen. Gedämpfter Hufschlag näherte sich, irgendwo schnaubte ein Pferd, und Sattelzeug klirrte.

Mehrere Utes ritten zwischen den verbrannten Hütten hindurch und kamen näher. Sandy fühlte das Pochen seines Herzens auf dem weichen Sand, der den Boden bedeckte.

Offenbar kamen die Indianer geradewegs aus einem Kampf gegen die Armee, denn alle hatten gelbe Militärhalstücher um die braunen Hälse gewunden. Einer von ihnen trug den Truppenhut eines Kavalleristen, ein anderer hatte ein Truppenhemd übergestreift. Ihre Gesichter waren grell mit Farben beschmiert, und trotz des lächerlichen Aufzugs ging eine Wildheit von ihnen aus, die Sandy erschauern ließ.

„Nur ruhig", flüsterte der alte Mann Sandy zu, während sein Zeigefinger nach dem Abzug der Winchester tastete. „Wenn wir uns nicht durch ein Geräusch verraten, bemerken sie uns vielleicht gar nicht."

Einer der Utes kam bis auf zehn Schritte an ihr Versteck heran. Sandy ballte die Fäuste und biss sich auf die Lippen, als er sah, wie der Indianer sein Pferd zügelte.

Hochaufgerichtet saß er auf dem ungesattelten Rücken des Tieres und sah sich um. Sein weißbemalter Körper war nackt bis auf Lendenschurz, Mokassins und Patronengurt. Auf dem strähnigen, schwarzen Haar trug er einen Armeehut. Ein bemalter Büffelhautschild hing an einem langen Riemen an der Flanke seines Pferdes, und ein Militärgewehr lag in seiner linken Armbeuge.

In diesem Moment, als der Blick des Utes eben über die Mauer glitt, hinter der der alte Mann und der Junge lagen, vernahm Sandy einen Laut, der ihm einen Schauer über den Rücken jagte. Es war ein durchdringend scharfes, erregtes Rasseln. Sandy wandte den Kopf.

Aus einem der leeren, eisenbeschlagenen kleinen Fässer, kaum eine Armlänge von Pegleg entfernt, war eine Klapperschlange gekrochen. Nun lag sie wie ein verschlungenes, dickes, armlanges Stück Tauwerk dicht neben dem alten Mann. Ihr aufgerichtetes, horniges Schwanzende zitterte, und der flache Kopf, in dem die Augen wie Splitter von schillerndem Obsidiangestein wirkten, lag unbeweglich auf dem hässlichen, sandfarbenen Körper, bereit, wie von einer Stahlfeder geschnellt zuzustoßen.

Pegleg hätte die Schlange mit dem Kolben seiner Winchester töten können, doch das Geräusch und die Bewegung, die er dabei verursachen musste, würden ihn und den Jungen unweigerlich verraten haben. Erschlug er die Klapperschlange aber nicht, würde er selbst an ihrem Biss sterben.

Sandy sah Schweiß auf der faltigen Stirn des alten Mannes glänzen, als dieser den Kopf ein wenig zur Seite wandte, den Kautabak in die andere Backentasche schob, die Lippen spitzte und der Schlange einen dicken Strahl gelben Tabaksaftes genau in die kalten, lidlosen Augen spuckte. Sie zischte beleidigt und kroch in das Fässchen zurück.

Pegleg zwinkerte Sandy zu und ließ sich behutsam zurücksinken. Im gleichen Augenblick stieß der Ute seinem Pferd die stumpfen Fersen seiner Mokassins in die Weichen und ritt weiter. Der Hufschlag und die kehligen Stimmen der Indianer wurden leiser und verklangen in der Ferne. Bussarde und Krähen, die in einer schwarzen Wolke über den Ruinen gekreist hatten, kehrten auf die geschwärzten

Mauern zurück, kämpften flügelschlagend um einen Platz und saßen dann stumm und in langen Reihen wartend da.

Pegleg lehnte seinen Karabiner gegen die Wand und stützte sich auf einen Ellenbogen.

„Es war gut, dass wir deinem Pony die Nüstern zugebunden haben", sagte er. „Es ist ein Indianerpferd, und es hätte uns bestimmt durch sein Schnauben verraten, wenn es die Pferde der Utes gewittert hätte. Aber nun, glaube ich, ist es besser, wenn du dein Hemd wieder anziehst, denn wir haben noch einen weiten Weg vor uns, und die Nächte in den Bergen sind kalt."

Im Lager der Mustangfänger

„Hier oben sind wir in Sicherheit", brach Pegleg das Schweigen, als sie durch die düstere Schlucht ritten. „Die Utes meiden diesen Ort selbst im hellen Mittagssonnenlicht."

Sie waren lange durch die Nacht geritten, und Sandy war so müde, dass er kaum die Augen offenhalten konnte. Trotzdem hatte er sich bemüht, wach zu bleiben, denn ihr Weg führte sie zwischen hoch aufragenden Felsentürmen und gefährlichen Abgründen hindurch. Nur mühsam konnten die Hufe der Pferde in Geröll und auf nacktem, abschüssigem Felsen Halt finden; ein einziger Fehltritt hätte Pferd und Reiter in die Tiefe stürzen lassen.

Nun war es Mitternacht, und der dunkle, eisenfarbene Himmel rastete auf den weißen Felszinnen zu beiden Seiten der Schlucht. Starr und unheimlich ragten ringsumher vom Sturm halbzerstörte Begräbnisgerüste, die die Utes für ihre toten Häuptlinge errichtet hatten, ins fahle Mondlicht. Diese Gerüste bestanden aus vier Pfählen und einer hölzernen Plattform, auf der der Tote, in eine Büffelhaut gehüllt, beigesetzt wurde. Gebleichte Schädel von Büffeln und Pferden hingen an den Pfosten, und Lanzenschäfte mit verrotteten Federn ragten aus aufgetürmten Steinhügeln. Schaurig klang das Heulen eines Wolfes durch die Nacht.

„Seit undenklichen Zeiten bestatten die Utes hier ihre Häuptlinge", sagte Pegleg. „Nur zu diesem Zweck kommen die Indianer hier herauf; sonst meiden sie diese Schlucht, weil sie fürchten, die Geister der Toten in ihrer Ruhe zu stören. Hier gibt es nur Wölfe, Taranteln und Bussarde."

Im Schritt ritten sie weiter, und das Klirren der beschlagenen Pferdehufe weckte einen Widerhall aus den Tiefen der unheimlichen Schlucht. Plötzlich aber wichen die Felswände zu beiden Seiten zurück, und eine weite Mesa, eine Hochebene, öffnete sich vor den Reitern.

Horstartige Stände sturmzerzauster Schwarzkiefern raunten und flüsterten leise im Wind, der lange Staubfahnen wie Nebel dicht über dem Boden dahintrieb. Ein matter Lichtschimmer stach durch die Dunkelheit.

„Nevada ist schon zurück", murmelte Pegleg. Sandy sah im Mondlicht zwei weitläufige Korrale und hinter den Gattern die bewegten Schatten von Pferden. Er hörte ihr Schnauben und dann das plötzliche Dröhnen der Hufe, als die Tiere davongaloppierten.

Ein aus Balken errichtetes Haus, dessen Dach aus zähen, grasbewachsenen Erdschollen bestand, erhob sich wie ein Hügel auf der Mesa.

„Nevada!", rief Pegleg und richtete sich im Sattel auf. Die Tür des Blockhauses öffnete sich, und die dunkle Gestalt eines Mannes stand im herausströmenden Licht auf der Schwelle.

„Das ist mein Partner Nevada Jones", sagte Pegleg zu Sandy, während sie absaßen. „Komm, hilf mir, die Pferde abzusatteln und in den Korral zu treiben, und wirf meinen Sattel über den Sägebock dort drüben."

Sandy half dem alten Mann, der das Gatter geöffnet hatte, die beiden Pferde in die Umzäunung zu führen und das Gatter wieder zu schließen.

„So", sagte Pegleg und wischte die Hände an seinem Schaffellmantel ab, „jetzt wollen wir essen gehen. Du musst hungrig sein. Wir haben ja nur ein paar Bissen gehabt."

Sandy warf einen scheuen Blick zur Blockhütte hinüber, doch der alte Mann bemerkte es nicht oder wollte es nicht bemerken. Er warf Satteltaschen und Zaumzeug über die Schulter, klemmte seine Deckenrolle unter den Arm und griff nach der Winchester. Dann stakte er schwerfällig zur Hütte hinüber, wobei er mit dem Holzbein bei jedem Schritt weit ausholte.

Sandy griff nach dem einfachen Lederzügel, den er seinem Pferd abgestreift hatte, und folgte Pegleg. Nahe dem Blockhaus sah er in der Dunkelheit einen flachen, sandigen

Erdhügel, über den der Schatten eines roh zusammenge-
zimmerten Holzkreuzes fiel.

Scheu blieb er auf der Schwelle der Hütte stehen, doch der
alte Mann schob ihn einfach mit einer Hand in den niederen
Raum hinein und schloss mit der anderen die Tür.

Die Blockhütte wurde vom Flammenschein aus der ge-
mauerten Feuerstelle erhellt. An den Wänden hingen
Zaumzeuge, Lassorollen, Gewehre, indianische Decken
und ein riesenhaftes graues Wolfsfell. Im rückwärtigen Teil
des Raumes gab es zwei Lagerstätten, auf denen zusam-
mengerollte Wolldecken lagen, und um den Tisch standen
rohgezimmerte, mit Ziegenleder bezogene Hocker.

Ein Geruch von brennendem Kiefernholz und der Duft
von gebratenem Fleisch, frischem Maisbrot und kochendem
Kaffee erfüllten den Raum. Sandys Magen krampfte sich
vor Hunger zusammen.

Der Mann, den Pegleg Nevada Jones genannt hatte, stand
neben der Feuerstelle. Er wandte sich um, als die Tür zufiel.

Er war groß und von einer sehnigen Hagerkeit, wie ein
Wolf nach einem langen, harten Winter. Sein Gesicht war
scharf geschnitten, und er hatte grüne Augen, Augen, wie
sie Sandy noch bei keinem Mann gesehen hatte. In ihrer
Tiefe schien ein schwelendes Feuer zu glimmen.

Sein Blick blieb an Sandy hängen. „Wer ist der Junge?",
fragte er, und seine Stimme klang rau.

Pegleg warf seinen Hut auf den Tisch und zog seinen
Schaffellmantel aus. „Er heißt Sandy", antwortete er. „Ich
habe ihn für eine Decke und eine Flasche Whisky von einem
Ute gekauft. Er versteht sich gut auf Pferde und könnte uns
beim Mustangfang helfen."

Der Mann neben der Feuerstelle wandte dem alten Mann
und dem Jungen den Rücken zu und stieß einen eisernen
Schürhaken in die Glut.

„Du weißt, wie Indianer sind", sagte er. „Was sie dir heute
geben, wollen sie morgen zurückhaben. Hast du nicht gehört, was in den letzten Tagen geschehen ist? Alle Utes

zwischen dem Colorado und der Sierra Nevada sind im Aufstand begriffen. Es heißt, sie hätten sämtliche Indianeragenturen zwischen dem Weißen Fluss im Osten und dem Tal des Todes im Westen niedergebrannt. Jetzt ziehen sie nach Norden, um gegen die Truppen General Mackenzies zu kämpfen; und sie werden die Soldaten bis auf den letzten Mann vernichten, wenn sie es schaffen können."

„Ich weiß!", nickte Pegleg, und der halbmondförmige Silberanhänger an seinem Ohrring klirrte. „Die Agentur am Sand-Pass ist ebenfalls niedergebrannt."

„Man sagt, die Kämpfe hätten mit einem Massaker am Weißen Fluss begonnen", fuhr Nevada Jones fort. „Es soll Streitigkeiten gegeben haben, weil der Agent die für die Indianer in der Reservation bestimmten Nahrungsmittel auf eigene Rechnung an weiße Siedler und Goldsucher verkauft hat. Es kam zu einer Hungersnot unter den Utes, und als der Aufstand losbrach, töteten sie jeden Weißen in der Agentur, und das gleiche Schicksal widerfuhr einer Kavallerieeskadron, die von Fort Fred Steel ausgeschickt wurde. Sie geriet in einen Hinterhalt der Utes und wurde vernichtet. Die Indianer töten alles, was zwei Beine und eine weiße Haut hat. Und nun bringst du diesen Jungen her."

„Die Utes wissen nicht, wo sie uns finden können", erwiderte Pegleg. Er schnallte seinen Revolvergurt ab, setzte sich auf einen Hocker, streckte die Beine, das gesunde und das hölzerne, weit von sich und seufzte.

„Wir haben genug Vorräte, um zu dritt durch den Winter zu kommen", sagte er nach einer Weile. „Und wenn erst Schnee fällt, wird der Indianeraufstand von selbst zusammenbrechen, weil die Utes dann allein schon mit der Nahrungssuche genug zu tun haben werden. Und der Junge versteht viel von Pferden und wird uns eine große Hilfe sein."

Er nahm den Priem aus dem Mund und warf ihn ins Feuer. „Und nun lass uns essen", knurrte er.

Sie aßen schweigend. Es gab geschmortes Kaninchenfleisch in einer Soße aus mexikanischem Rotwein und scharfem, rotem Chili-Pfeffer, in der wilde Kichererbsen schwammen. Als Sandy seinen Hunger gestillt, den letzten Bissen gegessen und den letzten Schluck Kaffee getrunken hatte, gab ihm Pegleg ein Schaffell und ein paar Decken und deutete mit dem Daumen in den rückwärtigen Teil des Raumes.

„Mach dir dort ein Lager zurecht", sagte er mit einem gutmütigen Zwinkern. „Wir haben, weiß Gott, einen harten Tag hinter uns, und du musst müde sein. Leg dich hin und schlaf!"

Sandy legte das Schaffell auf den gestampften Lehmfußboden und breitete eine Decke darüber. Er hüllte sich in die zweite, streckte sich aus und bettete sein Gesicht auf einen Arm. Doch obwohl er so müde war, dass jeder Muskel seines Körpers schmerzte, konnte er nicht schlafen. Er lag wach in seinen Decken und lauschte dem Gespräch der beiden Männer.

Nevada war aufgestanden und an die Feuerstelle getreten, um mit dem Eisenhaken frisches Holz in die Glut zu schieben.

„Warum willst du es nicht mit dem Jungen versuchen?", fragte Pegleg. „Mit meinem Holzbein tauge ich nicht mehr zum Mustangfang, der Junge aber könnte an meine Stelle treten."

„Der Junge." Nevada betrachtete nachdenklich die rauchende Spitze des Schürhakens. „Du hättest ihn nicht hier heraufbringen dürfen, Pegleg."

„Sieh dir einmal seinen Rücken an", entgegnete der alte Mann murmelnd. „Die Pferdepeitsche des Utes hat deutlich sichtbare Zeichen hinterlassen. Ich dachte mir, er sei hier oben bei uns besser aufgehoben. Was würde denn mit ihm geschehen, wenn der Aufstand der Utes von der Armee niedergeschlagen wird? Es wäre nicht das erste Mal, dass weiße Gefangene von den Indianern getötet werden, weil die Soldaten kommen."

„In Wirklichkeit hast du ihn hierhergebracht, damit er Jacks Stelle einnimmt, nicht wahr?"

„Mag sein, dass ich auch daran gedacht habe", gab Pegleg zu.

„Das hättest du nicht tun sollen, Pegleg", sagte Nevada, und seine Stimme klang, als sei er plötzlich sehr zornig. „Du weißt, ich will nichts mehr davon hören. Aber das hast du vielleicht vergessen."

„Es fällt mir schwer, überhaupt etwas zu vergessen", antwortete der alte Mann. „Und dir geht es nicht anders, denn wenn du alles, was gewesen ist, vergessen hättest, würdest du nicht immer noch den schwarzen Wildhengst jagen."

„Es wäre besser, du würdest jetzt schweigen, Pegleg", sagte Nevada gepresst. „Ich will nichts mehr davon hören!"

„Und wenn du noch so beharrlich darüber schweigst", versetzte Pegleg, „so wird dein Schweigen das Geschehene nicht ungeschehen machen."

Nevada sah ihn an, und in seinem vom Feuer beleuchteten Gesicht zuckte und arbeitete es. Er warf den Schürhaken klirrend neben den Kamin, nahm seine pelzgefütterte Jacke und seinen Revolvergurt von einem Wandhaken und verließ stumm die Hütte.

Pegleg schüttelte den Kopf, als die Tür hart ins Schloss fiel, dann stemmte er sich an der Tischkante hoch und stelzte schwerfällig zu seiner Lagerstätte. Während er seine Decken entfaltete, betrachtete er den Jungen aus den Augenwinkeln.

„Du schläfst noch nicht", brummte er. „Du brauchst die Augen nicht so krampfhaft geschlossen zu halten; darauf falle ich nicht herein. Du hast also alles mit angehört, nicht wahr?"

Sandy öffnete die Augen und setzte sich auf. Die trockene Schafhaut knisterte wie Pergament unter ihm. Pegleg ließ sich auf dem Rand seiner Pritsche nieder und streckte Sandy sein gesundes Bein hin.

„Hilf mir, den Stiefel auszuziehen!", bat er. „Ich bin alt und unbeweglich, und mit dem Holzbein finde ich nirgendwo Halt. Wo immer ich es hinsetze, scheint der Boden glatt zu sein."

Sandy griff nach dem schweren, staubbedeckten Armeestiefel und zog aus Leibeskräften.

„Du hast also alles gehört", sagte Pegleg, als er den Stiefel endlich los war, und rieb sich den Fuß.

„Ja, Pegleg!", gestand Sandy ehrlich. „Aber was ich gehört habe, konnte ich nicht verstehen."

Ein bekümmertes Lächeln stahl sich in das runzlige, faltige Gesicht des alten Mannes.

„Das glaube ich dir, mein Junge", erwiderte er. „Nichts ist schwerer zu verstehen als das Herz des Menschen. Eines Tages werde ich dir eine Geschichte erzählen, und dann wirst du alles, was du heute Nacht gehört hast, begreifen. Aber nun leg dich wieder hin. Es ist lange nach Mitternacht, und gute Christenmenschen schlafen um diese Zeit."

Er schnallte sein Holzbein ab und ließ sich mit einem Seufzer auf sein Lager fallen.

„Hast du jemals gesehen, wie Mustangs gefangen und zugeritten werden?", fragte er.

Sandy kroch wieder zwischen seine warmen Decken.

„Ich habe gesehen, wie die Utes wilde Pferde zähmen." Er legte sein Gesicht auf den Arm. „Sie durchbohren einem Mustang die Nüstern mit einem Messer, ziehen eine Lederschnur durch und verknoten sie so, dass das Tier nicht genug Luft bekommt, um gegen den Reiter zu kämpfen."

„Es gibt andere, weniger grausame Arten, Mustangs zuzureiten", murmelte Pegleg. „Du wirst lernen, wie weiße Pferdefänger Tiere fangen und zähmen. Ein Mann muss dabei schwer arbeiten und hart kämpfen. Aber das ist nicht mehr als recht und billig, denn er nimmt dem Tier ja seine Freiheit."

Beide schwiegen eine Weile, und nur das Knistern der Flammen im Kamin war zu hören. Dann richtete sich Sandy auf einem Ellenbogen auf.

„Pegleg!", sagte er.

„Was ist?"

„Wer war Jack?"

Der alte Mann wandte sein Gesicht dem Jungen zu, und seine Augen schimmerten merkwürdig im Feuerschein. Er schwieg lange, und es schien, als müsste er erst über die Antwort nachdenken.

„Jack?", erwiderte er schließlich, und seine Stimme schien zu zittern. „Jack war Nevadas Junge, Sandy. Er war sein Sohn."

*

Die Herbsttage waren klar und warm. Pegleg nahm Sandy auf lange Ritte mit, um ihm die unübersehbaren Herden wilder Pferde zu zeigen, die in den geschützten Bergtälern weideten.

Sandy lernte von dem erfahrenen alten Pferdefänger alles, was es über Mustangs zu wissen gab. Die Tiere bewegten sich meist in Manadas, Gruppen zwischen sechs und vierzig Hengsten, Stuten und Fohlen, und die jeweils älteste und erfahrenste Stute führte die Herde. Da gab es Pferde, die noch nie einen Sattel auf dem Rücken gespürt hatten, aber auch andere, die schon einmal gezähmt worden waren und sich dann doch wieder den wilden Mustangs angeschlossen hatten. Diese Tiere wurden Arenajos genannt. Sie waren die Lieblingsbeute der Pferdefänger, denn sie brauchten nicht erst gezähmt und an Sattel und Zaumzeug gewöhnt zu werden, bevor man sie verkaufte.

Oft, wenn die beiden, der alte Mann und der Junge, an den hellen Abenden an einem versteckten Lagerfeuer saßen, erzählte Pegleg von den sagenhaften Mustanghengsten, die so stark, schnell und geschickt waren, dass kein Mann sich rühmen konnte, ihnen das Lasso übergeworfen zu haben.

Der wildeste und gefährlichste von allen aber war ein Hengst, schwarz wie eine mondlose Nacht. Mesteneros, mexikanische Mustangjäger, hatten ihm den Namen „El Malo" gegeben, was „Der Böse" bedeutete. Als Pegleg von ihm erzählte, wurde sein Gesicht ernst und traurig, und gleich darauf erzählte er von anderen Pferden. Sandy fühlte sehr wohl, dass es mit diesem Mustang eine besondere Bewandtnis hatte, aber eine unerklärliche Scheu hielt ihn davon ab, Fragen zu stellen.

Nevada blieb unzugänglich und schweigsam wie in jener Nacht, in der Sandy ihn zum ersten Mal gesehen hatte. Doch oft, wenn er beobachtete, wie der Junge lernte, mit dem Lasso umzugehen, zerrissenes Zaumzeug zu flicken und Pferde zu striegeln, trat ein seltsames Lächeln auf sein Gesicht, und dann schien die Einsamkeit, die ihn umgab, noch größer zu werden.

Abends, wenn Feuer im Kamin prasselte und draußen, in den Bergen, die Wölfe heulten, erzählte Pegleg von jener Zeit, als er noch Mastersergeant bei der Kavallerie gewesen war.

„Einmal, als ich einen Melderitt mitten in einem heulenden, weißen Schneesturm unternehmen musste", sagte er eines Abends und schob seinen Kautabak in die andere Backentasche, „geriet ich in eine Comanchenhorde hinein, denn der Schnee fiel so dicht, dass ich kaum meinen eigenen Sattelknauf erkennen konnte. Eine Comanchenkugel traf mein Pferd, und es brach zusammen. Ich zog meinen Karabiner aus dem Sattelschuh, bereit, mich bis zur letzten Patrone zu verteidigen. Ich kämpfte, solange meine Munition reichte, doch plötzlich saß ich da und hatte nur noch leere Patronenhülsen in der Hand, und hinter jedem Felsen und jeder Schneeverwehung tauchten die Adlerfedern dieser roten Halsabschneider auf. Ja, es müssen an die hundert Krieger gewesen sein."

„Und wie bist du ihnen entkommen, Pegleg?" fragte Sandy atemlos.

Der alte Mann streckte behaglich beide Beine, das gesunde und das hölzerne, von sich und ließ genussvoll eine Minute in tiefem Schweigen verstreichen.

„Überhaupt nicht", zwinkerte er dann. „Ich wurde erschossen und skalpiert."

*

Einige Tage danach brachen sie auf, um Mustangs zu fangen, denn vor dem Einbruch des Winters wollten Nevada und Pegleg noch eine zehnköpfige Herde nach Fort Halleck treiben. Sie sollte dort verkauft werden. Die Armee hatte zu allen Zeiten Bedarf an guten Pferden.

Sie sattelten ihre Pferde, und Pegleg schnallte seinen einzelnen Sporn am Stiefel fest. Er trug stets nur diesen einen Sporn, denn an seinem Holzbein konnte er den zweiten nicht befestigen. Doch er pflegte mit grimmigem Humor zu sagen, dass die linke Hälfte seines Pferdes ohnehin folgen müsse, wenn er die rechte ansporne.

Die kleine Herde kam im Frührot des Morgens an die Wasserstelle. Es waren zwei Hengste, ein halbes Dutzend Stuten und ein Fohlen. Der Himmel flammte rasch in dem zunehmenden Licht auf, und es wurde heller.

„Wir holen uns die beiden braunen Stuten und den jungen Pinto-Hengst", sagte Nevada, während er sich im Sattel vorbeugte und die Lassorolle zur Hand nahm. „Wenn wir sie nicht gegen die steile Hügelflanke im Norden drängen können, entkommen sie uns. Was meinst du, werden wir für sie bekommen, Pegleg?"

Der alte Mann zog ein Paar vom Lasso glattgescheuerte Lederhandschuhe an.

„Fünfundzwanzig Dollar für jede der beiden Stuten. Der Hengst bringt vielleicht dreißig."

In weitem Halbkreis ritten sie auf die Herde zu. In der Stille des windlosen Morgens hörten die Mustangs sie kommen. Die zum Wasser gesenkten Köpfe hoben sich, und die Ohren begannen zu spielen. Die beiden Hengste scharrten mit den Hufen im Sand.

Nevada und Pegleg setzten die Sporen ein, und auch Sandy gab seinem Pferd die Zügel frei und jagte auf die Mustangs zu, die nach Norden flohen und sich am Fuß des steilen Hanges zusammendrängten. Dann löste sich die Herde auf und galoppierte auseinander.

Sandy hatte nur Augen für den Pinto-Hengst, der so dicht an ihm vorbei jagte, dass er ihn fast berührte. Mit ausgestreckter Hand streifte ihm Sandy die Schlinge über den Kopf. Der Mustang stürmte weiter, und Sandys Pferd wurde vom Ruck des sich straffenden Seils fast von den Beinen gerissen. Der Junge verlor einen Steigbügel und klammerte sich am Sattelhorn fest.

Mit schrillem Wiehern stürzte der Wildhengst und wälzte sich in einer Staubwolke auf der Erde. Dann kam er wieder auf die Beine, bäumte sich auf und schlug mit den Vorderhufen nach dem Seil, dessen Schlinge sich immer fester um seinen Hals zusammenzog. Toll vor Angst und Zorn, versuchte er Sandys Pferd anzugreifen.

Nevada schwang sich aus dem Sattel und lief mit seinem zweiten Lasso herbei. Als der Mustang an ihm vorüberkam, schleuderte er die Schlinge über den Boden. Der Hengst trat mit dem rechten Vorderlauf hinein. Nevada riss am Seil, und das Fußgelenk war gefangen. Nun rannte Nevada hinter dem Tier her, warf das Lasso über den Pferderücken, packte es an der anderen Seite und zog es mit einem Ruck straff. Das Bein des Hengstes knickte ein, und der Huf wurde bis zu den Rippen hochgezogen.

Hand um Hand arbeitete sich der Mann am Lasso an den Mustang heran, der sich auf drei Beinen schnaubend drehte, den Kopf wandte und Nevada mit seinen starken Zähnen zu packen versuchte. Geschickt wich Nevada aus, hob einen

Fuß, setzte dem Tier den Stiefelabsatz in die Flanke und stieß hart zu, während er mit seinem ganzen Gewicht am Seil hing.

Mit einem verzweifelten Wiehern fiel der Hengst schwer auf die rechte Seite. Seine scharfkantigen Hufe verfehlten Nevada nur um Haaresbreite, als dieser blitzschnell eine weitere Schlinge aus dem Lasso formte, sie über die Hinterbeine des Pferdes warf, anzog und verknotete. Nun war der Mustang hilflos. Wild schlug sein Kopf auf den Boden, und der Atem aus seinen Nüstern ließ kleine Wolken des hellen Tonstaubs von der Erde steigen.

Nevada wischte sich Staub und Schweiß aus dem Gesicht, und Sandy, der dem Kampf zwischen dem Mann und dem Pferd wie gebannt zugesehen hatte, bemerkte jetzt erst, dass Pegleg die beiden Stuten gefangen hatte. Die übrigen Tiere der Herde waren entkommen.

„Ein guter Fang", sagte Nevada schweratmend. „Wir lassen den Hengst liegen, bis er sich beruhigt hat, dann verbinden wir ihm die Augen und reiten mit ihm zurück."

„Die beiden Stuten sind Arenajos", hörte Sandy den alten Mann sagen. „Sie tragen beide Brandzeichen an den Flanken. Sie werden uns wenig Mühe machen."

Sandy stieg aus dem Sattel, um sein Lasso vom Hals des Hengstes zu lösen, und streichelte dabei besänftigend das schwarz und weiß gefleckte Fell. Doch das Pferd lag keuchend und mit weitgeöffneten Augen da, als bemerkte es ihn überhaupt nicht.

Der Hengst wütete eine halbe Nacht in dem Korral, in den er gebracht worden war. Seine Hufe hämmerten und dröhnten gegen das Gatter, bis seine Kraft schließlich nachließ. Als Sandy und Pegleg am nächsten Morgen zu ihm gingen, stand er mit hängendem Kopf und schweißdunklen, zitternden Flanken da, und seine Ohren bewegten sich kaum, um die quälenden Fliegen zu verscheuchen.

Den ganzen Tag über blieb Sandy in der Nähe des Korrals und sprach leise mit dem Hengst. Am folgenden Morgen fing Nevada den Mustang mit dem Lasso ein, und er musste seine ganze Kraft aufwenden, um ihn ans Gatter zu binden. Vorsichtig sattelte er ihn, wobei er Zaumzeug und Satteldecke ein paar Mal über die Nüstern des Hengstes streifte, damit sich das Tier an den Geruch gewöhnen konnte. Fünf Mal versuchte er, den schweren McClellan-Sattel auf den Rücken des Mustangs zu heben, bevor es ihm gelang. Mit scheu verdrehten Augen stand das Tier da, während Nevada den Bauchgurt festzog.

Dann kletterte Nevada auf das Gatter, um von dort in den Sattel zu springen. Schnell fuhr er mit den Stiefeln in die Steigbügel, und im gleichen Augenblick löste Pegleg das Seil.

Wie ein Bogen krümmte sich der Rücken des Mustangs unter dem Reiter. Zwar war das Pferd noch jung und hatte seine volle Kraft noch nicht erreicht, doch es kämpfte verzweifelt. Mit allen vier Beinen sprang es gleichzeitig in die Luft, wobei es seinen Körper verdrehte wie ein großer Fisch, der aus dem Wasser springt.

Nevada wurde im Sattel hochgeschleudert und klammerte sich mit den Schenkeln fest, während er die Zügel so kurz wie möglich zu nehmen versuchte. Es war ein Kampf auf Leben und Tod, denn wenn er stürzte, würden ihn die Hufe des Hengstes zertrampeln.

Plötzlich begann sich das Pferd auf der Stelle zu drehen, und gleich darauf krachte seine rechte Flanke mit furchtbarer Wucht gegen das hölzerne Gatter. Im letzten Moment gelang es Nevada, aus dem Steigbügel zu kommen, bevor sein Bein zwischen Pferd und Gatter gebrochen wurde. Er verlor fast die Zügel, schwankte im Sattel, hielt sich aber, obwohl sich der Mustang mit gekrümmtem Rücken wie rasend im Kreis drehte.

Auf einmal fiel der Mustang auf alle vier Hufe zurück und blieb stehen. Sein Atem pfiff, Schaum troff in großen Flocken von seinen Lefzen, und seine schweißnassen Flanken zitterten vor Anstrengung. Er leistete Nevada keinen

Widerstand mehr, als dieser ihn zum Zaun lenkte und dort aus dem Sattel stieg. Pferd und Reiter waren vollkommen erschöpft. Nevada lehnte sich gegen das Gatter und wischte sich den salzigen Schweiß aus den Augen.

„Das hast du gut gemacht!", sagte Pegleg. „Das wird einmal ein starkes, ausdauerndes Pferd."

Sandy trat an den Pinto heran und streichelte seinen Hals. Das gefleckte Fell war so nass, als käme das Tier aus dem Wasser, und unter dem Fell zuckten die verkrampften Muskeln.

Pegleg stieß Nevada an, der sein Gesicht in einem Eimer wusch, und deutete mit einer Kopfbewegung auf den Jungen.

Nevada trocknete sein Gesicht mit dem Hemdsärmel. Als er sah, mit welcher Liebe Sandy das erschöpfte Pferd streichelte, änderte sich etwas in seinem Gesicht, und an die Stelle der Härte trat eine Traurigkeit, wie sie manchmal Erinnerungen mit sich bringen.

„Sage ihm, dass er den Pinto behalten kann", sagte er, dann wandte er sich ab und ging zur Hütte zurück.

*

Der kleine Stall neben der Blockhütte wurde von einer Petroleumlampe erhellt. Draußen war es dunkel. Pegleg saß auf einem Fass mit Mais und flickte altes Zaumzeug.

„Welchen Namen willst du ihm geben?", fragte er den Jungen, der den Hengst gefüttert hatte. Sandy dachte angestrengt nach.

„Ich würde ihn Shalako nennen", sagte der alte Mann. „Shalako ist der Regengott der Utes. Ich finde, der Name passt zu ihm." Er legte das Zaumzeug zur Seite. „Wäre ich an deiner Stelle", fuhr er fort, „würde ich heute Nacht bei ihm auf dem Heu schlafen, denn er muss sich an deinen Geruch und den Klang deiner Stimme gewöhnen."

Er verließ den Stall und nahm die Petroleumlampe mit. Es wurde dunkel, als die Tür hinter ihm zufiel.

Sandy streckte sich neben dem Pferd auf dem Heu aus, bettete sein Gesicht in Shalakos Mähne und lauschte dem Heulen der Wölfe, die ruhelos durch die mondhelle Nacht strichen.

Der schwarze Mustang

Mit der Dämmerung wuchs eine düstere Gewitterfront am Himmel empor, und als die Nacht anbrach, flammte das erste ferne Wetterleuchten in gebrochenem Rot. Sandy verließ die Blockhütte und ging mit dem hölzernen Wassereimer am Korral vorbei zur Quelle.

Er hörte das Schnauben der Pferde, die sie in den letzten Tagen gefangen und zugeritten hatten. In der Dunkelheit kniete er auf nassen Steinen nieder und tauchte den Eimer in das kalte Wasser. In den Dornbüschen schlugen die Zikaden.

Sandy stellte den vollen, schweren Eimer auf die Erde und wischte mit dem Hemdsärmel über sein Gesicht. Er wollte einen Blick zur Hütte hinüberwerfen, doch im gleichen Augenblick hörte er einen seltsam dumpfen Laut, das Getrappel von Pferdehufen.

Ein riesenhafter, dunkler Schatten tauchte aus dem Eingang der Schlucht auf, die zur Mesa heraufführte, und näherte sich dem Korral. Im nächsten Moment erklangen ein scharfes Wiehern und Schnauben, und die Mustangs im Korral drängten sich in der hintersten Ecke des Gatters zusammen. Sandy hörte dumpfe Schläge und gleich darauf ein berstendes, splitterndes Geräusch, dem ein zorniges Gewieher folgte. Wieder donnerten Hufschläge gegen den Korralzaun, und Sandy hörte die Planken ächzen.

Auf einmal fiel ihm ein, dass Shalako ebenfalls im Korral war. Stolpernd lief er auf das Gatter zu. Da züngelte ein greller Blitz aus den Wolken, und in dem kalten, weißen Licht sah Sandy etwas, das ihn mitten in der Bewegung innehalten ließ.

Kaum zwanzig Schritte von ihm entfernt, bäumte sich ein riesiger Mustanghengst auf. Nie zuvor hatte Sandy solch ein Pferd gesehen. Es war größer als alle, die er je zu Gesicht bekommen hatte. Das tiefe Schwarz seines Fells schimmerte metallisch, und Mähne und Schweif flatterten im Wind wie zerschlissene Fahnen, als es sich herumwarf und die Hinterhufe mit furchtbarer Gewalt gegen das Gatter donnern ließ.

Unter den Wildpferden im Korral herrschten Verwirrung und Panik. Sie schnaubten und wieherten, galoppierten durcheinander, warfen sich gegen das Gatter und liefen wieder zurück.

Der schwarze Mustang brach in ein zorniges Wiehern aus, das wie ein Aufschrei klang, als er bemerkte, dass das Gatter nicht schnell genug unter seinen Hufschlägen nachgab.

Für einen Augenblick verschlang der plötzlich losbrechende, prasselnde Donner jedes andere Geräusch. Die Erde erbebte; doch dann flammte der nächste Blitz und überschüttete die Mesa mit blendendem Licht.

Der Wildhengst zerschmetterte mit einem letzten, mörderischen Hieb das Gatter, und im gleichen Moment sah er Sandy, der wie erstarrt stand.

Er hob den Kopf; der Wind riss an seiner langen, wallenden Mähne. Ein Schnauben drang aus seinen Nüstern, und er griff an.

„Pegleg!", schrie Sandy. Wie eine schwarze Wolke erhob sich der Hengst über ihm, als er sich bäumte. Sandy hob beide Arme, um sein Gesicht zu schützen, taumelte zurück, stolperte und stürzte. Die scharfkantigen Hufe, die nach ihm schlugen, verfehlten ihn nur um Haaresbreite.

Sandy rollte sich zur Seite, und dicht neben ihm stampften die Hufe wild auf die Erde, dass der Tonstaub stob.

Plötzlich peitschte ein Schuss über die Mesa, gleich darauf noch einer, dem ein dritter folgte. Der Mustang fiel mit einem Ruck auf alle vier Hufe zurück. Im Licht eines Blitzes sah Sandy die wilden Augen des Hengstes, der sich umwandte und davonpreschte.

Die Pferde im Korral setzten über das zertrümmerte Gatter hinweg und folgten dem schwarzen Mustang in donnerndem Galopp.

Sandy lag noch im Sand, als die kleine Herde in der Schlucht verschwand und das Trommeln ihrer Hufe verklang.

Pegleg stelzte, die Winchester in den Händen, so schnell er konnte, auf ihn zu.

„Bist du verletzt?", fragte er. Sandy richtete sich auf und schüttelte den Staub aus seinen Kleidern. Die einzige Verletzung, die er sich zugezogen hatte, rührte von einem scharfkantigen Stein her.

Der alte Mann lud seinen Karabiner durch, und eine rauchende Patronenhülse fiel auf die Erde.

„Dieser schwarze Satan!", stieß er erbittert hervor. „El Malo, der Böse. Man hätte keinen besseren Namen für ihn finden können."

Sandy wandte den Kopf, als er rasenden Hufschlag hörte. Nevada hatte in aller Eile ein Pferd gesattelt; nun ließ er ihm die Zügel frei und jagte auf die Schlucht zu.

„Nun wird alles wieder von neuem beginnen", sagte Pegleg. Er schlug mit der geballten Faust durch die Luft, und diese Geste wirkte wie ein Fluch. „Ich wollte, ich hätte dieses Teufelspferd erschossen, als ich es zum ersten Mal sah. Das hätte uns allen viel Kummer erspart."

Während er das sagte, fühlte Sandy wieder, dass es zwischen den beiden Männern ein Geheimnis gab, von dem er nichts wusste. Er blickte zu Pegleg auf und wollte ihn fragen, doch wieder hielt ihn diese unerklärliche Scheu zurück, die er schon einmal gespürt hatte. Er würde warten, bis Pegleg irgendwann von selbst darüber zu sprechen begann.

Der alte Mann lege ihm seine harte, von Lassonarben zerfurchte Hand auf die Schulter.

„Sieh nur!", sagte er. „Von allen Pferden, die im Korral waren, ist nur Shalako hiergeblieben."

Der Pinto trabte mit gesenktem Kopf heran und suchte das Gesicht des Jungen mit seinen samtweichen Nüstern zu erreichen.

„Du hast eine Wunde an der Stirn", fuhr Pegleg fort, „und doch kannst du von Glück sagen, dass es nicht die Hufe dieses schwarzen Teufels waren, die dich getroffen haben. Ein Mustanghengst kann mit einem einzigen Schlag seiner Vorderhufe einen ausgewachsenen Wolf töten, und du bist noch nicht so zäh und so kräftig wie ein Wolf. Bring Shalako in den Stall, dann wasch dir das Blut aus dem Gesicht und komm in die Hütte! Ich werde dir die Wunde verbinden."

*

Im Morgengrauen kehrte Nevada zurück. Er hatte sein Pferd fast zuschanden geritten. Erschöpft hing er im Sattel, doch in seinen Augen glühte ein düsteres Licht, als Pegleg und Sandy aus der Hütte traten.

Er warf Sandy die Zügel zu, trat zu dem Wassereimer, der neben der Balkenwand stand, und tauchte sein Gesicht hinein.

„Ich habe die Pferde am Pass aus den Augen verloren", sagte er und trocknete sein Gesicht im Ärmel seines Hemdes. „Dieser schwarze Satan ist zu schnell für ein einziges Pferd. Man kann ihn nur fangen, indem man ihn mit mehreren Tieren hetzt, bis er zusammenbricht."

„Du solltest etwas essen und einen Becher Kaffee trinken", erwiderte Pegleg unbehaglich.

„Dazu ist jetzt keine Zeit", erwiderte Nevada. „Wir müssen nach der Herde suchen, bevor sie irgendwo in den Bergen verschwindet. Dabei kann uns vielleicht auch der Junge nützlich sein."

Der alte Mann spuckte einen Strahl Tabaksaft aus, kniff ein Auge zusammen und betrachtete Nevada aufmerksam. „Was hast du vor?", fragte er.

„Das will ich dir sagen", gab Nevada zurück. „Ich hole mir diesen schwarzen Teufel, und wenn ich ihn zu Tode hetzen muss. Packe alles in die Satteltaschen, was wir für einen Ritt von drei Tagen brauchen. Ich werde inzwischen die Pferde satteln."

„Du wirst wissen, was du tust", murmelte Pegleg und schob Sandy vor sich her in die Blockhütte, während Nevada ein Lasso vom Sattel nahm und damit zum Korral ging.

Schweigend machte sich Pegleg daran, die Alforjas, schwere, lederne Packtaschen, mit allem zu füllen, was sie für den Ritt brauchten: Dörrfleisch, Maismehl, Bohnen, Speck, Salz, Zucker und Kaffee, Patronen, Wasserschläuche aus Ziegenleder, ein Beil, einen Spaten, Wolldecken, Lederriemen, um zerrissenes Zaumzeug zu flicken, und viele andere Dinge. Sandy half ihm dabei, alles einzupacken und die Alforjas zu verschnüren.

Danach nahm der alte Mann zwei Gewehre von der Wand. Das eine war seine Winchester, das andere eine großkalibrige Schrotflinte mit abgesägten Läufen.

„Wozu nimmst du dieses Gewehr mit?", fragte Sandy.

Der alte Mann wog die Flinte in der Hand.

„Es kommt manchmal vor", antwortete er, „dass man einen Mustang erschießen muss, um nicht selbst von ihm getötet zu werden. Diese Mustanghengste sind die erbittertsten Kämpfer auf vier Beinen, die man sich nur denken kann. Wenn solch ein Pferd dich erst aus dem Sattel geworfen und unter seine Hufe bekommen hat, bleibt dir nicht einmal mehr Zeit für ein Gebet. Diese abgesägte Flinte aber tötet ein Pferd sicherer und schneller als eine Winchester."

Er nahm beide Gewehre in den Arm und hob dazu noch eine Alforja auf. „Nimm die beiden anderen Tragtaschen, und dann komm!", sagte er.

Sandy wandte sich noch einmal um, als sie die Blockhütte verlassen hatten und zum Korral gingen, wo Nevada bereits auf sie wartete.

„Du fühlst dich hier schon zu Hause, nicht wahr?", murmelte Pegleg, der den Blick des Jungen bemerkt hatte. „Weißt du, dass es Tausende von Mustangs in den Bergen gibt? Eines Tages, wenn die Armee den Indianeraufstand niedergeschlagen hat, werden Nevada und ich Männer hier heraufholen, um mit ihnen zusammen die riesigen Herden in einer großen Schlucht zu fangen. Wir werden damit viel Geld verdienen und irgendwo Land kaufen und Pferde züchten. Auf jener Pferderanch wirst du ein besseres Zuhause haben als hier in den Bergen."

Nevada zog eben den letzten Sattelgurt stramm. Außer seinem eigenen Reittier, dem Peglegs und Shalako, hatte er noch vier weitere Pferde aufgezäumt. Sie trugen aber statt der schweren Sättel nur leichte Reitkissen aus Rosshaar, wie die Utes sie benutzten.

Schweigend ritten sie durch die von blauen Schatten erfüllte Felsschlucht und vorbei an den indianischen Begräbnisplätzen. Die beschlagenen Hufe der Pferde klirrten auf nacktem Felsgestein, und hoch über der kleinen Kavalkade schwebten mit unbeweglichen Schwingen, auf denen das Morgenlicht flammte, mehrere Bussarde.

Von der Höhe des Passes blickten sie auf wüstes, ödes Land hinab. Rostrote Felstürme ragten zu beiden Seiten der engen Schlucht auf, und dahinter zeichneten sich lichtblau nackte Bergketten im silbernen Morgendunst ab. Der Himmel, die Berge, die Steine, der Sand, alles starrte von Unbarmherzigkeit.

„Wir nennen ihn den Sand-Pass", sagte Pegleg. „Die Indianer aber sagen, er sei der Pass des Todes; und diese Bezeichnung scheint mir besser zu passen, denn hier gibt es weniger Leben als in der großen Sandwüste im Osten."

Er wandte sich an Nevada: „Auf zwanzig Meilen im Umkreis gibt es hier nur eine einzige Wasserstelle. Wenn der schwarze Teufel mit seiner Herde wirklich in der Nähe ist, dann muss er dieses Wasserloch aufsuchen."

Sandy richtete sich auf einmal in den Steigbügeln auf. Der Wind, der im Pass wehte, trieb einen dünnen Staubschleier aus der Tiefe der Schlucht empor.

„Pegleg", sagte Sandy leise. „Sieh nur!" Und er deutete in den Pass hinunter.

Der alte Mann kniff die Augen zu schmalen Schlitzen zusammen, öffnete eine Satteltasche, nahm sein Fernrohr heraus und setzte es ans Auge. Sorgfältig beschattete er die Linse mit der gewölbten Hand, damit kein Lichtblitz sie verriet, wenn sich die Sonne im Glas spiegelte.

„Utes", murmelte er, während er Nevada das abgegriffene Messingfernrohr reichte. „Glaubst du, es ist klug, weiterzureiten? Auf der anderen Seite des Passes wimmelt es wahrscheinlich von Indianerhorden, die aus dem Norden, von den Kämpfen gegen Mackenzies Kavallerie, zurückkehren."

„Du vergisst, Pegleg, dass der schwarze Teufel mit seiner Herde ganz nahe sein muss."

„Die Utes werden die Mustangs längst verjagt haben. Lass uns umkehren, Nevada."

„Wir kehren nicht um. Wir lassen die Utes an uns vorbei. Sie werden sich nicht darum kümmern, was in ihrem Rücken geschieht."

„Dieser verfluchte schwarze Hengst wird dich eines Tages um deinen Verstand bringen", knurrte der alte Mann wütend. „Kannst du etwas von dem, was geschah, ändern, wenn du den Mustang fängst oder tötest?"

Nevada antwortete nicht. Stumm ritten sie einen abschüssigen Pfad entlang, saßen im Schatten eines gewaltigen Felsens ab und knoteten die Zügel zusammen.

Von dieser Deckung aus beobachteten sie, wie die Utes unter ihnen vorbeiritten. Ein schier endloser Strom von Reitern ergoss sich aus der Schlucht. Kriegsfederhauben schimmerten. Einige der Reiter trugen Fellkappen, aus denen Büffelhörner ragten, andere wieder Armeehüte und Uniformstücke, die sie bei den Kämpfen erbeutet hatten. Die Federn an den Lanzenschäften zitterten im Wind. Viele der Utes waren mit Militärgewehren bewaffnet. Manche trugen dazu noch mit Pfeilen gefüllte Köcher auf dem Rücken.

Aber sie führten auch viele Pferde mit sich, deren Sättel leer waren. Manche Krieger mussten von anderen gestützt werden, um sich auf den Pferderücken halten zu können, und wieder andere lagen unter schmutzigen Decken auf Schleppbahren. Diese Horde kam geschlagen aus dem Kampf zurück.

Sandys Herz schlug bis zum Hals, und er biss sich auf die Lippen, um seine Angst nicht zu zeigen. Er kannte die Grausamkeit der Utes und wusste, was mit ihnen geschehen würde, wenn die Indianer sie entdeckten. Doch nach einer Weile versiegte der Strom der wilden Reiter; das Hufgetrappel verklang, und es wurde still. Der aufgewirbelte Staub trieb golden im Sonnenlicht davon.

„Die Kavallerie hat sie geschlagen", murmelte Pegleg. „Sie reiten mit den Verwundeten in ihre Dörfer zurück."

Nevada nickte. „Wir brauchen also nicht zu fürchten, dass wir weiter unten im Süden auf sie stoßen."

Er ging zu seinem Pferd und schwang sich in den Sattel. Pegleg sah ihm kopfschüttelnd nach.

„Kommt!", rief Nevada und griff nach den Leitzügeln der Packpferde. „Ich will an der Wasserstelle sein, wenn die Mustangs eintreffen."

Die große Jagd

Als die Mustangs kamen, hatte die Sonne ihren höchsten Stand bereits überschritten. Nevada, Pegleg und Sandy hatten ihr Lager in einem schmalen Hügeltal aufgeschlagen, und um die Wildpferde, die über einen ausgezeichneten Geruchssinn verfügen, nicht zu erschrecken, hatten sie kein Feuer entzündet.

Pegleg war fast ebenso schnell auf den Beinen wie Sandy, als Nevada ihnen vom Hügelkamm herab ein Zeichen gab. Die Mustangs hatten sich dem Wasserloch bereits auf hundert Schritte genähert. Es mochten etwa fünfzig Tiere sein, die von einer mausgrauen Stute geführt wurden.

„Ich möchte wissen, weshalb sie nicht ans Wasser gehen", murmelte Nevada, als die wilden Pferde anhielten und sich zusammendrängten. „Sie sind viel zu weit entfernt, um uns wittern zu können."

„Da!" Pegleg deutete mit einer Bewegung seines Kopfes auf die entgegengesetzte Seite der Wasserstelle. Dort war auf einem sandigen, kahlen Hügelkamm eine zweite Herde aufgetaucht. Sie wurde von einem riesigen, schneeweißen Hengst geführt.

„Was für ein Pferd", murmelte Pegleg bewundernd, als der Mustang, mit wallender Mähne und weich fließendem Schweif in das Tal galoppierend, innehielt, sich schnaubend aufbäumte und mit den Vorderbeinen durch die Luft schlug. Plötzlich ließ er sich auf alle vier Hufe zurückfallen, stampfte die Erde und brach in schrilles Wiehern aus.

Sandy wandte den Kopf, und da sah er den schwarzen Mustang. Abseits von seiner Herde stand er auf einer flachen Anhöhe und blickte zur Wasserstelle herüber. Ohne die Herausforderung des weißen Hengstes zu erwidern, stand er minutenlang regungslos wie ein Standbild; dann erst kam er im Schritt, mit weichen, fließenden Bewegungen, den Hang herab. Sandy sah, wie sich die Muskeln des Pferdes unter dem schwarzen, schimmernden Fell bewegten.

Gebannt von der Schönheit dieses Tieres beobachtete er, wie der schwarze Mustang am Fuß der Hügelflanke einen Augenblick stehenblieb, zu seinem Gegner hinüberblickte und dann aus dem Stand heraus in donnernden Galopp fiel. Sein Gewieher klang wie ein Kriegsschrei.

Der weiße Hengst setzte sich ebenfalls in Bewegung. Am Rande des Wasserloches trafen sie aufeinander, und für einen Moment schienen beide Tiere ineinander zu verschmelzen. Der Zusammenprall war so heftig, dass beide stürzten und sich schnaubend im Sand wälzten.

Doch sofort kamen sie wieder auf die Beine, bäumten sich hoch auf und schlugen mit den Hufen aufeinander ein. Schnaubend und keuchend, mit zurückgelegten Ohren und hochgezogenen Lefzen, unter denen die Zähne blinkten, griffen sie einander an. Unter Bissen und Huftritten zerriss weißes und schwarzes Fell, und Blut begann zu rinnen.

Sandy zuckte jedes Mal zusammen, wenn er das dumpfe Krachen der Hufe hörte, mit denen die Mustangs Flanken und Brust des Gegners trafen. Der Kampf würde erst entschieden sein, wenn einer von ihnen verendete.

Sandy ballte die Hände zu Fäusten. Unter ihm kämpften die beiden wundervollen Pferde, bäumten sich, stürzten und wälzten sich im hochfliegenden Staub. Am liebsten hätte Sandy sie mit lauten Schreien auseinandergejagt.

„Jetzt ist es so weit", sagte Nevada leise. „Pegleg, wir lassen die Packpferde bei dir zurück. Du folgst uns und sammelst unterwegs die Pferde ein, die wir zurücklassen."

„Komm den Utes nicht zu nahe!", rief der alte Mann, als Nevada und Sandy zu den Pferden eilten.

Die beiden schwangen sich auf die Rücken der Tiere, die nur Rosshaarreitkissen trugen. Sandy schob die Füße in die Steigbügel, die aus leichten Lederschlingen bestanden, und ergriff Shalako und das zweite Pferd an den Zügeln. Nevada galoppierte bereits los, und Sandy folgte ihm. Sie jagten über den Hügelkamm hinweg und waren im nächsten Augenblick in der Senke, die sich dahinter ausbreitete. Ganz nahe kamen sie an die kämpfenden Hengste heran, bevor diese das Hämmern der Hufe vernahmen und voneinander abließen.

Der weiße Mustang, dessen Fell von dunklen Blutspuren gezeichnet war, wich sofort zurück; der schwarze Hengst aber blieb noch einen Moment lang, wild schnaubend und die Erde stampfend, auf dem Kampfplatz stehen, und es sah aus, als wolle er seine neuen Gegner angreifen.

Dann aber wandte auch er sich um und floh. Schweif und Mähne wehten, und eine Staubfahne wurde von seinen Hufen aufgewirbelt. Seine Herde stob auseinander. Sandy sah im Staub die wogenden Rücken und Flanken der wilden Pferde. Und dann hatten sie die Herde hinter sich gelassen und sahen nur noch den schwarzen Mustang vor sich.

Nevada schlug mit dem langen Zügelende auf sein Pferd ein. Sie ritten durch eine Bodensenke, und plötzlich öffnete sich die Wüste weit vor ihnen, eine unendliche, weiße, flimmernde Sandfläche, die nur von golden schimmernden Yuccas und Cholla-Kakteen bestanden war. Eine nackte Bergkette begrenzte die Wüste im Norden, während sie sich im Süden im Hitzedunst aufzulösen schien, als ginge sie in ein gewaltiges Nichts über.

Meile um Meile galoppierten sie dahin, ohne dem Hengst näher zu kommen. Schließlich gab Nevada ein Zeichen, und ohne anzuhalten, schwangen sich die beiden auf die nächsten Pferde. Das geschah in vollem Galopp.

Sandy verfehlte mit einem Fuß den Steigbügel und wäre fast gestürzt. Sein keuchendes, schäumendes Pferd ließ er, wie es auch Nevada tat, einfach zurück. Pegleg würde sich um die Tiere kümmern. Die frischen Reittiere gaben ihr Bestes, doch der wilde Hengst zeigte keine Müdigkeit.

Sandy trieb sein Pferd weiter an. Schweiß und Staub brannten auf seiner Haut, und die Sonne strahlte erbarmungslos auf ihn herunter. Meile um Meile verschlangen die donnernden Hufe ihrer Tiere, und doch gelang es ihnen nicht, dem Hengst näher zu kommen.

Sandy war es, als hätten sie den Mustang schon stundenlang gejagt, als Nevada ihm das Zeichen zum letzten Pferdewechsel gab. Sandy schwang sich in Shalakos Sattel und feuerte ihn mit einem Schrei an.

Nun erst begann sich die furchtbare Anstrengung der Jagd auf den wilden Mustang auszuwirken. Seine Galoppsprünge wurden kürzer, sein Schweif senkte sich, und er ließ den Kopf tiefer herabhängen, was stets ein Zeichen für die Erschöpfung eines Pferdes ist.

Nevada spornte seinen Braunen, der bereits heftig schäumte und dessen Flanken dunkel von Schweiß waren. Mit der einen Hand hielt er die Zügel, mit der anderen löste er das aufgerollte Lasso vom Sattelknauf.

Und da geschah es. Sandy fühlte einen scharfen Ruck durch Shalakos Körper gehen. Der Pinto wieherte schrill und stürzte kopfüber. Sandy wurde aus dem Sattel geschleudert. Er prallte hart auf die Erde auf und blieb benommen liegen. Dicht neben ihm wälzte sich der Pinto mit wirbelnden Hufen in einer Staubwolke, versuchte auf die Beine zu kommen, brach wieder zusammen und schlug wie wild mit dem Kopf auf den Boden. Dann blieb er liegen und bewegte nur noch die Ohren.

Mühsam richtete sich Sandy halb auf und rutschte auf den Knien zu seinem Pferd. Shalako begann seine Hände zu lecken, und der Junge sah, dass das eine Vorderbein des Tieres unterhalb des Kniegelenkes in scharfem Winkel zur Seite abstand. Er wusste, was das bedeutete, und Angst nahm ihm den Atem.

„Shalako", flüsterte er. „Shalako!"

Der Pinto schnaubte leise, und seine Ohren spielten. Er versuchte sich zu bewegen, fiel aber gleich wieder zurück.

Nun näherte sich Hufschlag. Nevada ritt heran, warf sich aus dem Sattel und blieb neben Sandy stehen.

„Warum konntest du nicht auf dein Pferd achten?", kam es gepresst über seine Lippen. „Jetzt ist er entkommen!" Er schlug mit der rechten Faust in die flache linke Hand.

Sandy bewegte sich nicht, sondern fuhr fort, Shalako zu streicheln. Er hörte, wie Nevada zu seinem Pferd ging und wieder zurückkam, und jetzt erst blickte der Junge auf. Nevadas Augen flackerten. Er hatte die Lippen zusammengepresst, und sein Gesicht war weiß vor Zorn. Er hielt seine Winchester in der Hand.

„Nimm ihm den Sattel ab!" sagte er, und seine Stimme klang anders. „Nimm ihm den Sattel ab und lade ihn meinem Braunen auf!"

Kalte Furcht überfiel Sandy, doch stumm und mit bebenden Händen machte er sich daran, den ledernen Bauchgurt zu lösen und Shalako den Sattel abzunehmen.

„Geh schon!", befahl Nevada, ohne den Jungen dabei anzusehen. Sandy versuchte den Sattel auf seine Schulter zu heben, doch dazu war er zu schwer, und so schleifte er ihn durch den weißen Tonstaub zu Nevadas Braunem.

Er hatte das Pferd noch nicht erreicht, als ihm das dumpfe Krachen eines Schusses, dem ein Schnauben und ein dumpfer Aufprall folgten, in den Ohren dröhnte.

Der Sattel entglitt seiner Hand, als er sich umdrehte. Nevada stand neben Shalako und lud sein Gewehr durch. Eine leere, rauchende Patronenhülse fiel in den Sand.

„Shalako!", schrie Sandy und wollte sich über den Hengst werfen. Nevada ließ die Winchester fallen, fing den Jungen auf und hielt ihn fest. Sandy kämpfte, doch seine Kraft reichte nicht aus.

„Hör zu!", rief Nevada, während er den Jungen an beiden Armen festhielt. „Hör doch zu! Er hatte sich ein Bein gebrochen. Ich musste ihn erschießen, um ihm Schmerzen zu ersparen. Hörst du? Ich wollte nicht, dass er leidet und sich quält und elend zugrunde geht. Verstehst du nicht, was ich sage, Sandy? Diese Kugel war eine Erlösung für ihn. Wenn ein Pferd sich ein Bein bricht, ist ihm nicht mehr zu helfen. Ich musste es tun!"

Sandy hörte auf zu kämpfen. Ein trockenes Schluchzen erschütterte seinen ganzen Körper, und Tränen rannen aus seinen Augen. Wie durch einen Schleier sah er das Gesicht des Mannes, der ihn festhielt.

„Wenn ich den Pinto nicht erschossen hätte", hörte er Nevada sagen, „würden ihn des Nachts die Wölfe zerrissen haben, denn er hätte sich ihrer ja nicht mehr erwehren können."

„Ich hasse Sie!"

Sandys Stimme klang leiser als das leiseste Geflüster, doch Nevada hatte jedes Wort verstanden. Er starrte den Jungen an, dann senkte er den Blick, und sein Gesicht wirkte auf einmal müde und erschöpft. Seine harten, lassonarbigen Hände ließen Sandy los und fielen herab, als sei alle Kraft aus ihnen gewichen.

Er hob seine Winchester auf, ging zu seinem Pferd zurück und stieß den Karabiner in den Sattelschuh. Dann löste er den Riemen der Wasserflasche und trank einen Schluck. Über die Flasche hinweg beobachtete er den Jungen, und als er sah, wie Sandy sich neben dem Pinto niederkauerte und den Hals des Tieres streichelte, wandte er sich ab.

Er hängte die lederüberzogene Blechflasche wieder an das Sattelhorn, ging einige Schritte zur Seite und drehte sich eine Zigarette. Nachdem er den Tabaksbeutel in die Tasche seiner Lederweste geschoben hatte, riss er ein Schwefelhölzchen an und entzündete die Zigarette. Er tat alles ganz langsam und bedächtig, denn er mochte nicht mit ansehen, wie der Junge das Pferd streichelte, das er erschossen hatte. So rauchte er und blickte aus schmalen Augen in die sonnenflimmernde Wüste hinaus.

*

Die Sonne berührte den westlichen Horizont und setzte den Himmel in Brand, als endlich Pegleg mit seinen Packpferden und den Tieren, die er unterwegs aufgelesen hatte, eintraf.

Er sah sofort, was geschehen war. „Ich bin so schnell geritten, wie ich konnte, nachdem ich den Schuss gehört hatte", sagte er. „Hast du den Pinto erschossen?"

Nevada antwortete nicht. Er trat nur mit der Spitze seines Stiefels den Zigarettenstummel im Sand aus. Pegleg schwang sich aus dem Sattel und stakte mühsam zu Sandy hinüber. Schwerfällig ließ er sich neben dem Jungen auf ein Knie nieder und legte ihm die Hand auf die Schulter.

„Ich weiß, wie dir zumute ist", murmelte er. „Glaube mir, ich weiß es genau. Aber Nevada hat das einzig Richtige getan, als er das Pferd erschoss."

„Warum muss das immer so sein, Pegleg?", fragte Sandy, und seine Augen füllten sich mit Tränen.

„Auf diese Frage wirst du niemals eine Antwort bekommen", erwiderte der alte Mann, „vielleicht, weil es keine Antwort darauf gibt. Es ist nun mal so im Leben, dass man manchmal Dinge verliert, an denen man hängt. Wenn man alt geworden ist, nimmt man es schließlich hin, ohne zu fragen. Sorge dich nicht um Shalako. Er trabt jetzt über die sonnigen Weiden des Pferdehimmels, wo es immer Gras und Wasser gibt."

Sandy wischte sich mit dem Handrücken über die Augen. Pegleg wollte noch etwas hinzufügen, doch im gleichen Moment rief Nevada nach ihm, und der alte Mann und der Junge drehten sich um.

„Indianer!", sagte Nevada und deutete auf eine lange Staubfahne, die über die sonnenverbrannte Wüste trieb.

Pegleg humpelte rasch zu seinem Pferd und griff nach der Winchester, die im Sattelschuh stak. Doch er zog die Waffe nicht heraus.

„Das sind friedliche Paiutes", brummte er. „Ich glaube nicht, dass wir etwas von ihnen zu befürchten haben."

Ein langer Zug von Kriegern, Frauen und Kindern näherte sich den weißen Mustangjägern. Diese Paiutes waren arme Wüstenwanderer. Ihre Kleidung war schmutzig und zerlumpt, ihre Ponys mager und struppig, und die Hunde, die

die Kavalkade begleiteten, waren so dürr, dass man ihre Rippen unter dem ungezieferbedeckten Fell zählen konnte. Die Pferde zogen die armselige Habe des Stammes auf Schleppbahren hinter sich her.

Der Anführer der Horde ritt mit einigen Kriegern auf Pegleg und Nevada zu. Er trug als einziger ein Gewehr, eine alte Bürgerkriegsmuskete mit einem Steinschloss. Bis auf zwanzig Schritte kamen sie heran, bevor sie ihre Ponys zügelten. Der Anführer hob die rechte Hand zum Zeichen des Friedens, doch gleichzeitig glitten seine Blicke schnell und beutelüstern über die Packpferde der Weißen und die prallen, ledernen Alforjas.

„Ich Satank, großer Krieger", sagte er gebrochen. „Ich guter Indianer. Ich Freund. Ich wollen Tabak, Salz und Kaffee."

Nevada und Pegleg warfen einen Blick auf die Kolonne, deren Pferde nun ebenfalls zum Stehen gebracht worden waren. Beide Männer schätzten die Anzahl der Krieger auf etwa fünfzig.

„Gib ihm das Zeug!", sagte Nevada. „Es ist besser, wir werden die Bande auf friedliche Weise los."

Pegleg nickte. Er stakte zu einem der Packpferde, als plötzlich einer der Paiutes einen Schrei ausstieß und aufgeregt auf das Holzbein des alten Mannes deutete. Als Pegleg mit den Beuteln voll Salz, Tabak und Kaffee zurückkehrte, zeigte der Anführer der Horde auf das Stelzbein. „Bein aus Holz?", fragte er, und das stand ihm deutlich ins Gesicht geschrieben.

Der alte Mann warf ihm die Leinenbeutel zu, schob seinen Tabakpriem in die andere Backentasche und zwinkerte ein wenig mit dem linken Auge.

„Ich komme aus einem Land, in dem die Menschen auf den Bäumen wachsen. Mich aber hat man zu früh abgepflückt, und deshalb konnte das Bein nicht fertigwachsen. Dieses Holz hier ist der Stängel, mit dem ich am Baum hing."

„Weißer Mann großer Lügner!", grollte der Paiute. Er wog die Leinenbeutel in der Hand, und sein Gesicht verzog sich. „Satank will mehr haben: Mais, getrocknetes Fleisch und Decken."

Nevada zog die Winchester aus dem Sattelschuh, lud sie durch und stemmte den Kolben in die Hüfte. So trat er neben Pegleg.

„Wir haben dir alles gegeben, was wir übrighatten", sagte er. „Jetzt haben wir nur noch Patronen in unseren Gewehren. Wenn du die haben willst, magst du sie dir holen."

Der Paiute erwiderte seinen Blick, und seine rechte Hand spielte mit dem Schloss des Gewehres, das quer über dem Rist seines Pferdes lag. Er schien versucht, den Kampf aufzunehmen und dadurch mit einem Schlag reiche Beute zu machen. Aber als er sah, wie Pegleg seinen Schaffellmantel zur Seite schob und das Armeehalfter öffnete, in dem der schwere Dragonercolt steckte, zog er sein struppiges Pony herum und ritt, von seinen Kriegern gefolgt, zurück zu seinem Stamm.

Die beiden Mustangfänger sahen ihnen nach, bis sie in der Ferne verschwunden waren.

Nevada schwang den Karabiner mit dem Kolben nach oben auf die Schulter.

„Sie werden versuchen, uns eine Falle zu stellen", sagte er.

Pegleg zuckte mit den Achseln. „Das kann ich mir nicht denken. Aber ich glaube, sie werden sich auf andere Weise rächen. Wenn sie irgendwo auf Utes stoßen, werden sie ihnen erzählen, dass sie hier Weiße gesehen haben, und dann werden die Utes über uns herfallen. Es wird für uns alle besser sein, wenn wir in unser Lager auf der Mesa zurückkehren."

Nevada blickte an ihm vorbei in die endlose Wüste, die das brennende Rot des Himmels widerstrahlte.

„Ich weiß, woran du denkst", murmelte der alte Mann. „Dieser schwarze Teufel geht dir nicht aus dem Sinn. Aber was willst du mit dem Pferd beginnen, wenn ein Ute-Pfeil dir in den Rücken fährt?"

„Du hast Recht!", sagte Nevada, doch es schien, als wollten ihm die Worte nur schwer über die Lippen.

Pegleg ging zu Sandy hinüber. „Es ist an der Zeit!", sagte er. „Wir müssen aufbrechen. Nimmst du dem Pferd das Zaumzeug ab, oder soll ich es für dich tun?"

„Ich werde es tun", erwiderte Sandy, und er machte sich langsam an die Arbeit. Der alte Mann sah ihm mit sorgenvoll gefurchter Stirn zu und wartete, bis der Junge fertig war. Dann sattelten sie zusammen eines der anderen Pferde für Sandy.

„Wenn wir schnell reiten und den Pferden nur kurze Ruhepausen gönnen, erreichen wir die Berge noch vor dem Morgengrauen", sagte Pegleg. Er setzte seinen einzigen Sporn ein und ritt, die Packpferde hinter sich herziehend, nach Norden. Die ersten Bussarde kamen und zogen unter dem klaren, kupferfarbenen Himmel ihre Kreise.

*

Ungeheure lehmfarbene Wolkentürme standen über den westlichen Bergen, als die drei Reiter die Mesa erreichten. Eine Nacht und einen Tag hatte der Ritt zurück gedauert. Nun sattelten sie ihre Pferde ab und trugen Sättel und Zaumzeug zur Blockhütte.

Während die beiden Männer über die Schwelle traten, kauerte sich Sandy unweit des Korrals im Windschatten einer kleinen Felsklippe nieder. Das fahle Licht der untergehenden Sonne erlosch, und der Junge fühlte sich erschöpft und einsam wie nie zuvor. Fast unbewusst suchte er im Korral immer wieder nach Shalako, und ein trockenes Schluchzen stieg ihm dabei in die Kehle.

Drinnen, in der Hütte, hatte sich Pegleg seiner Last entledigt und im Kamin ein Feuer entfacht. Nun stand er am Fenster, blickte zu Sandy hinaus und wandte sich endlich mit einem zornigen Kopfschütteln ab, um zur Feuerstelle zurückzuhumpeln.

„Du hättest das Pferd des Jungen nicht erschießen dürfen", sagte er zu Nevada, ohne den Blick von den Flammen zu heben.

„Du weißt sehr wohl, dass es keine andere Möglichkeit gab", erwiderte Nevada, schnallte seinen Revolvergurt ab und warf ihn auf den Tisch. „Das Tier wäre elend zugrunde gegangen, hätte ich es nicht mit einer Kugel erlöst. Ich werde dem Jungen ein anderes Pferd schenken, und er wird sich daran gewöhnen. Er ist ja noch ein halbes Kind, und solange man jung ist, vergisst man schnell."

„Es wird lange dauern, bis er vergisst, was er gesehen hat", seufzte Pegleg und richtete die Spitze des eisernen Schürhakens auf Nevada. „Er wird Shalako ebenso wenig vergessen wie du den schwarzen Mustang. Nur wird er sich an seinen Pinto erinnern, weil er ihn liebte, während du diesen schwarzen Teufel hasst."

Ein heißer, beinahe drohender Funke glomm in den Tiefen von Nevadas Augen auf, als der alte Mann den wilden Hengst erwähnte.

„Hör zu!", sagte Pegleg ernsthaft. „Dieser Junge hat lange Zeit niemanden gehabt, der zu ihm gehörte. Du weißt ja gar nicht, wieviel Shalako ihm bedeutet hat. Seit er den Pinto besaß, war er nicht mehr allein. Er liebte dieses Tier; es war für ihn mehr als nur ein Pferd. Er konnte mit ihm sprechen, und er fand ein wenig Wärme bei ihm. Das alles hast du zerstört – mit einem einzigen Schuss."

Nevada verließ die Blockhütte, ohne zu antworten. Draußen blickte Sandy auf, als er das Knarren der Tür hörte. Er sah Nevada in die Dämmerung heraustreten und auf den Korral zugehen. Der Mann blieb am Gatter stehen, tätschelte die Hälse der Pferde, die sich zu ihm drängten und mit ihren Nüstern unter seine Achselhöhlen zu fahren suchten.

Noch immer trug Nevada seine staubbedeckte Kleidung, das verschwitzte Hemd, die ärmellose Lederweste, über die er eine lammfellgefütterte Jacke gezogen hatte, die Chaparajos, lederne Beinschützer, die über die ausgebleichten Leinenhosen geschnallt waren, und die hochhackigen Stiefel mit den schiefgetretenen Absätzen. Doch er war nun barhäuptig, und sein Haar wehte im Wind.

„Sieh dir die Pferde an", sagte er auf einmal, doch ohne sich Sandy zuzuwenden. „Es sind gute Tiere darunter. Suche dir eines davon aus! Wie gefällt dir der Braune mit der weißen Blesse auf der Stirn? Er hat eine breite Brust und kräftige Beine. Aber vielleicht findest du eines der anderen Pferde hübscher. Welches willst du haben?"

Sandy wollte etwas erwidern; doch dann wandte er das Gesicht ab, weil er fühlte, dass seine Augen sich mit Tränen füllten. Er wollte niemals wieder ein anderes Pferd besitzen.

Nevada stand eine Weile schweigend am Gatter, als wartete er auf Antwort; doch als keine kam, ging er schließlich zur Hütte zurück. Es wurde rasch dunkel, und die Schatten verschmolzen.

Auf einmal hörte Sandy das Geräusch näherkommender Schritte, und an dem unregelmäßigen Tappen erkannte er Pegleg.

„Die Nacht wird kalt", sagte der alte Mann. „Es ist an der Zeit, dass du in die Hütte kommst. Hast du denn gar keinen Hunger?"

Sandy schüttelte stumm den Kopf.

„Wenn ich nicht dieses Holzbein hätte, würde ich mich zu dir setzen", brummte Pegleg. „Aber sitze ich erst einmal, so ist es schwer für mich, wieder auf die Füße zu kommen."

Sandy stieß einen tiefen Seufzer aus und presste die Lippen aufeinander. Er wünschte, der alte Mann würde weggehen und ihn allein lassen. Doch Pegleg lehnte sich mit der Hüfte gegen die Felsklippe, nahm den alten Hut ab und fuhr sich mit den Fingern durch das eisgraue Haar.

„Warum erzählst du nicht etwas von dir", meinte er. „Du bist nun schon so lange hier oben, und ich weiß von dir nicht mehr als an jenem Tag, an dem ich dich dem Ute für eine Decke und eine Flasche Whiskey abgekauft habe. Dieser betrunkene Indianer sagte damals, er habe dich aus einem Planwagen geraubt, den er und seine Stammesgenossen verbrannt hätten. Ich würde gerne wissen, was damals wirklich vorgefallen ist."

Er betrachtete Sandy von der Seite, erhielt aber keine Antwort. Da ließ er sich mühsam neben dem Jungen im Sand nieder. Sein silberner Ohrring klirrte und glitzerte bei dieser Bewegung. Er streckte das Holzbein von sich und lehnte den Rücken gegen den Felsen.

„Du weißt, es war nicht Nevadas Schuld, dass Shalako sich ein Bein brach", sagte er, und während er sprach, schnitt er sich einen neuen Priem zurecht.

„Wenn wir den schwarzen Mustang nicht so lange gejagt hätten, wäre das nicht geschehen", brach es aus Sandy hervor. „Du hast mir erzählt, Pegleg, dass die weißen Mustangfänger die Wildpferde nicht so grausam behandeln wie die Indianer; aber Nevada wollte den Hengst jagen, bis er zusammenbrach. Und das wäre auch geschehen, wenn Shalako nicht gestürzt wäre. Nevada war voll Zorn, weil ihm der schwarze Mustang durch meine Schuld entkommen war."

Der alte Pferdefänger steckte den Kautabak in den Mund, biss darauf herum und schob ihn in eine Backentasche.

„Ich will dir eine Geschichte erzählen", begann er. „Danach wirst du manches verstehen, was dir jetzt vielleicht unbegreiflich erscheint. Es ist keine sehr schöne Erzählung, aber wer Nevada verstehen will, muss seine Geschichte kennen.

Vor vielen Jahren, kurz bevor der Bürgerkrieg zwischen den Nordstaaten und den Südstaaten zu Ende ging, führte Nevada, der damals noch seinen richtigen Namen trug, eine Grenzkompanie in Texas, und ich war sein Sergeant. Hast du schon mal von Colonel Mosebys Texasreitern gehört?" Er sah wie Sandy stumm den Kopf schüttelte und fuhr deshalb rasch fort. „Mit denen sind wir auch eine Zeit lang geritten. Da wir beide Texaner sind, trugen wir die graue Uniform der Südstaaten. Die meisten unserer Truppen kämpften zu jener Zeit gegen die Armee der Nordstaaten, und da es in Texas selbst viel zu wenig Militär gab, verübten die feindlichen Indianerstämme, vor allem die Comanchen, die grausamsten Überfälle auf kleine Siedlungen, Wagentransporte und einsame Armeeposten. Da verging kaum ein Tag, an dem man nicht Rauchsäulen am Horizont sah, und keine Nacht, in der der Himmel nicht rot von Flammen war.

Schließlich wurde es so schlimm, dass man daranging, Grenzkompanien aus Freiwilligen zum Kampf gegen die Indianerhorden aufzustellen. Eine dieser Kompanien aber wurde von Nevada geführt. Eines Tages folgten wir den Spuren einer Comanchenbande, die eine Poststation niedergebrannt hatte, und unsere Scouts fanden ihr Lager auf einer Hochfläche. Sie brachten aber zugleich die Nachricht, dass weiße Gefangene sich in dem Dorf befänden. Nevada wollte nicht riskieren, dass die Menschen bei einer Kavallerieattacke von den Comanchen getötet wurden, denn Indianer töten oft ihre Gefangenen, wenn sie selbst im Kampf geschlagen werden. Wir ließen unsere Pferde zurück, um das Dorf im Morgengrauen überraschend anzugreifen und die Gefangenen zu befreien.

Die Morgendämmerung kam", fuhr Pegleg nach einem Augenblick des Schweigens fort, „und das Blut sang mir in den Ohren. Meine feuchten Hände umklammerten das Gewehr. Ich sah die Männer der Schützenlinie sprungbereit am Boden kauern und auf das Zeichen zum Angriff warten. Nevada erhob die revolverbewehrte Rechte und stand auf, und mit ihm die ganze Schützenkette. Etwa hundert Schritte vor uns hing der graue Dunst des frühen Morgens über einer Lichtung in den hohen Schirmkiefem.

Büffelhautzelte standen zwischen dem Dorngestrüpp. Feuer brannten, und die Indianer erhoben sich eben von ihren Lagern. Pferde und Maultiere suchten nach Futter, und überall wimmelte es von mageren Hunden. In diesem Augenblick stieg längs unserer Schützenlinie ein wildes Gebrüll zum Himmel, und wir brachen aus der Deckung hervor. Die ersten Schüsse peitschten durch das Zwielicht.

Sofort waren wir mitten im Kampf, denn die Comanchen wehrten sich erbittert. Alles um mich her war Verwirrung und Bewegung. Die kurzen, gellenden Kriegsschreie der Indianer mischten sich mit dem Gebrüll der Soldaten. Gewehrfeuer peitschte die Luft, und überall schienen Staub und Rauch zu kochen. Es war ein Durcheinander von uniformierten und halbnackten, erdbraunen Gestalten, undeutlich und schemenhaft im alles einhüllenden Grau der Staubwolken.

Nevada stand mitten im Getümmel und schoss aus seinem Revolver. Neben ihm kniete der Hornist, den Karabiner an der Backe. Ich schlug eine Frau, die Nevada mit einem langen Messer angriff, mit dem Revolverlauf nieder. Ob ich Comanchen getötet habe, weiß ich nicht; aber ich muss es wohl getan haben, denn so wie es damals stand, konnte man nicht selbst mit dem Leben davonkommen, ohne andere zu töten – und ich bin noch am Leben. Rund um uns her gingen Büffelhautzelte in Flammen auf, und stinkender Rauch trieb im Wind dahin.

Die letzten Schüsse verklangen. Die überlebenden Comanchen flohen zu Fuß und auf ungesattelten Pferden. Es wurde still auf dem rauchverhangenen Kampfplatz. Ich sah Pferde und Comanchen im Sand liegen, düstere Farbflecke im trostlosen Grau des frühen Morgens. Wir durchsuchten das brennende Lager nach weißen Gefangenen, fanden aber nur eine einzige Frau. Sie war zart und schmächtig, hatte langes, goldenes Haar und Augen, so traurig wie ein verhangener Herbsttag. Sie redete nicht viel; ich glaube, sie hatte viel Schlimmes bei den Comanchen erlebt. Wir nahmen sie mit, nachdem wir unsere Gefallenen begraben und unsere Verwundeten versorgt hatten. Wir erfuhren auch, dass sich ein zweiter Weißer bei den Comanchen befinden sollte. Aber ich weiß bis heute nicht, was aus ihm geworden ist.

Das Standquartier unserer Kompanie lag am Red River; dorthin machten wir uns auf den Weg. Nahe dem Fluss stießen wir auf eine Kavallerieschwadron der Nordstaaten. Da wir so lange in der Wüste und den Bergen gegen die Comanchen gekämpft hatten, wussten wir nicht, dass der Bürgerkrieg inzwischen zu Ende gegangen war. Unsere Armeen waren geschlagen worden und hatten bei Appomattox in Virginia die Waffen strecken müssen. Der Norden von Texas war bereits von den Truppen der Nordstaaten besetzt. Doch von alledem wussten wir nichts.

Wir sahen die Fahne des Nordens über der Eskadron wehen, und so kam es zum Kampf. Unsere Kompanie wurde zersprengt. Ich selbst bekam eine Revolverkugel ins Knie. Schließlich waren wir nur drei, die entkamen: Nevada, die Frau, die wir bei den Comanchen gefunden hatten, und ich selbst. Wir flohen nach Westen. Mein Bein schwoll an und wurde unförmig und steif. Nevada nahm es mir ab und rettete mir damit das Leben. Das war eine schlimme Nacht, Sandy. Nevada hatte nur ein Messer, einen Lederriemen und seine abgebrochene Säbelklinge, die er im Feuer glühend gemacht hatte. Die Frau pflegte mich, und so wurde ich wieder gesund, obwohl ich selbst nicht mehr daran geglaubt hatte.

Von Kavalleriepatrouillen der Nordstaaten gehetzt, ritten wir immer weiter nach Westen und dann nach Norden, bis wir dieses Versteck hier fanden. Wir errichteten die Blockhütte, und Nevada nahm die Frau, die die ganze Zeit über bei uns gewesen war, zu seinem Weib.

Im ersten Winter, in dem der Schnee auf der Mesa so hoch lag, dass wir kaum die Hütte verlassen konnten, gebar sie ihm einen Sohn. Aber sie selbst starb bei der Geburt.

Nevada war verzweifelt, denn diese Frau hatte ihm sehr viel bedeutet. Aber allmählich fand er eine neue Aufgabe in seinem Sohn, den er Jack nannte. Er war ein hübscher kleiner Bursche mit blondem Haar und blauen Augen. Wir hatten inzwischen damit begonnen, Mustangs zu fangen und an die Armee zu verkaufen. Nevada und sein Junge waren unzertrennlich, und noch bevor Jack fünfzehn Jahre alt war, wusste er alles über Pferde, was es zu wissen gab. Er konnte die wildesten Mustangs fangen und sich auf ihrem Rücken halten.

Um diese Zeit tauchte zum ersten Mal der schwarze Hengst auf. Er war wohl mit seiner Herde aus dem Norden gekommen. Nevada und sein Sohn versuchten ihn zu fangen. Ich weiß nicht, was an jenem Tag geschah, denn ich war nicht dabei. Am Abend tobte ein heftiges Gewitter über den Bergen, und der Regen fiel so dicht, dass man kaum zwanzig Schritte weit sah. Durch den Donner hörte ich Hufschlag; ich nahm meinen Mantel und die Sturmlaterne und ging hinaus. Wenige Schritte von der Hütte entfernt stand Nevada. Das flackernde Licht meiner Laterne fiel auf ihn, und ich sah, dass er Jack auf seinen Armen trug. Er sagte kein Wort, er stand nur da; und nie werde ich den Ausdruck seiner Augen vergessen."

Der alte Mann verstummte und saß eine Weile schweigend da, den Blick in die nächtliche Dunkelheit gerichtet, als könnte er in die Vergangenheit sehen.

„Im Morgengrauen begrub er seinen Sohn", fuhr er endlich fort. „Er wollte nicht, dass ich ihm dabei half. Es hatte aufgehört zu regnen, und die Wasserlachen waren grau wie die Wolkenfetzen, die im Sturm über den verhangenen Himmel jagten. Als er fertig war, warf Nevada die Schaufel weg und kniete in dem schlammigen Wasser nieder, und plötzlich presste er beide Fäuste gegen die Schläfen, stieß einen qualvollen, schrecklichen Schrei aus und fiel vornüber mit dem Gesicht auf die Erde.

Unter jenem Hügel dort drüben, Sandy, liegt Nevadas Junge. Aber von diesem Tag an war auch Nevada nicht mehr der gleiche. Für ihn gab es nur noch eines: dieses schwarze Teufelspferd zu fangen. Er ist besessen von dem Gedanken an dieses Tier. Darum habe ich dich hier heraufgebracht, Sandy. Du siehst Nevadas Sohn sehr ähnlich. Er war fast im gleichen Alter wie du. Ich wollte Nevada zeigen, dass es noch anderes gibt als die verbissene Jagd auf diesen Mustang. Ich dachte, er würde, wenn er für jemanden da sein müsse, wieder zu sich selbst zurückfinden und seinen furchtbaren Hass vergessen. Du und er, Sandy, ihr seid allein; aber man ist nicht mehr so einsam, wenn man einen Menschen hat, zu dem man gehört."

Der Wind ließ nach. Es war still, bis auf das Schnauben der Pferde im Korral. Sandy fühlte die Hand des alten Mannes auf seiner Schulter und blickte auf.

„Nun kennst du die Wahrheit!", hörte er Pegleg sagen. „Hast du nun deine Meinung geändert?"

Sandy fühlte, dass seine Lippen zitterten. Er wandte den Kopf und blickte wieder geradeaus.

„Ich werde mir ein anderes Pferd aussuchen", erwiderte er so leise, dass der alte Pferdefänger ihn kaum verstehen konnte.

„Gut!", nickte Pegleg. „Und, Sandy, behalte das, was ich dir erzählt habe, für dich. So, nun hilf mir auf die Beine!"

Er streckte eine Hand aus, und Sandy half ihm aufzustehen. Der alte Mann stützte sich schwer auf den Jungen.

„Ich fange wahrhaftig an, steif im Rücken zu werden", lachte er und schüttelte den Kopf. „Lass uns noch einmal nach den Pferden sehen und dann ins Haus gehen."

Er prüfte den festen Sitz des Querbalkens, der das Gatter verschloss, während Sandy die Tiere streichelte. Jetzt fühlte er sich nicht mehr so einsam wie kurz zuvor.

„Und nun wollen wir essen gehen", sagte Pegleg. Dann verstummte er plötzlich, blieb stehen und hob lauschend den Kopf. Das Geheul eines Kojoten kam aus der

Dunkelheit am Rande der Mesa, und ein zweiter antwortete aus einiger Entfernung.

Sandy bemerkte, wie Peglegs rechte Hand zur Hüfte fuhr, wo gewöhnlich der schwere Revolver im ledernen Armeehalfter hing. Der alte Mustangfänger stieß einen unterdrückten Fluch aus, als er ins Leere griff. Er hatte den Gürtel abgeschnallt, und dieser hing nun an einem Wandhaken in der Blockhütte.

Wieder erscholl das scharfe, kläffende Heulen und endete in einem Gewinsel. Unruhig drängten sich die Pferde im Korral und schnaubten und scharrten mit den Hufen.

Pegleg sah sich um. An einem der wuchtigen Holzpfähle des Gatters lehnte ein Spaten. Er griff danach und umspannte den glatten, hölzernen Stiel fest mit der einen Hand, während er mit der anderen Sandy am Arm ergriff und den Jungen rückwärtsgehend mit sich zog.

„Was ist, Pegleg?" fragte Sandy verwirrt.

„Ich mag alt sein", erwiderte der Pferdefänger, „aber ich kann noch immer das Geheul eines vierbeinigen Kojoten von dem eines zweibeinigen unterscheiden. Die Burschen, die eben geheult haben, besitzen weder einen Schwanz noch vier Pfoten, wenn sie auch ebenso blutdürstig sind wie echte Wölfe. Das waren Utes, Sandy. Nun haben sie uns also doch gefunden."

Er humpelte, Sandy mit sich ziehend, zur Blockhütte, stieß hastig die Tür auf und schob den Jungen über die Schwelle. Dann trat er selbst ein, warf die Tür zu und schob den schweren, hölzernen Riegel vor. Nevada, der am Feuer stand, wandte sich um und sah auf den Spaten, den der alte Mann noch immer wie eine Waffe in der Hand hielt.

„Was willst du damit?", fragte er. Pegleg lehnte den Spaten gegen die Balkenwand.

„Lösche das Feuer!", erwiderte er. „Und dann nimm dein Gewehr und stelle dich an eines der Fenster. Es mag sein, dass wir in den nächsten Stunden mehr Utes zu sehen bekommen, als uns lieb ist."

Er drehte den Docht der Petroleumlampe herunter, bis das Licht erlosch. Nevada goss mit einer Schöpfkelle Wasser auf die Feuerstelle. Die Glut verzischte, Rauch stieg auf, und Dunkelheit erfüllte den niedrigen Raum.

*

Als Sandy erwachte, dämmerte der Morgen hinter den schmalen Fensterschlitzen, und gelbe Lichtflecken leuchteten auf der gegenüberliegenden Wand.

Sandy lag eine Minute lang unbeweglich in seinen Decken und blickte zum Dach hinauf, dann erinnerte er sich schlagartig, was am vergangenen Abend geschehen war, und setzte sich auf.

Pegleg schnarchte leise auf seiner Pritsche. Vor einem der Fenster saß Nevada auf einem lederüberzogenen Hocker, eine Schulter an die Wand gelehnt, das Gesicht vom Morgenlicht erhellt, die Winchester auf den Knien. Erst jetzt bemerkte der Junge, dass Nevada ihn beobachtete. Die Müdigkeit hatte alle Härte aus dem Gesicht des Mannes weggewischt. Seine Augen waren sehr nachdenklich.

„Auf dem Tisch steht etwas zu essen", sagte er halblaut, als wollte er Pegleg nicht im Schlaf stören. „Aber der Kaffee ist kalt geworden. Mach ein Feuer im Kamin, und wärme die Kanne an."

Sandy stand auf und schlüpfte in seine zerschlissenen Mokassins; dann kämmte er sein Haar, indem er mit allen zehn Fingern hindurchfuhr und es auf diese Weise notdürftig glättete. Auf dem Weg zum Kamin blickte er durch eines der schießschartenartig schmalen Fenster. Die Mesa lag in klarem, kühlem Morgenlicht. Kupferfarbene Wolkenstreifen standen an dem hohen Himmel.

„Wie bist du eigentlich zu den Utes gekommen?", fragte Nevada auf einmal, als Sandy Späne und Feuerholz im Kamin aufschichtete.

Eine Weile herrschte Schweigen, dann sagte Sandy: „Mein Vater, mein Bruder und ich waren mit der Eisenbahn nach einer Stadt namens Salt Lake gekommen. Aber wir wollten noch weiter nach Westen, denn mein Vater sagte, dass dort, jenseits der Berge, gutes Land nur auf den warte, der es umpflügen wolle."

„Warum seid ihr überhaupt nach Westen gezogen?", fragte Nevada und sah zu, wie der Junge das Feuer entzündete.

„Ich weiß nicht", erwiderte Sandy. „Aber solange ich mich erinnern kann, waren wir immer unterwegs zu irgendeinem Ort, an dem es, wie mein Vater sagte, Land geben sollte, das viel besser war als jenes, von dem wir gerade kamen."

Er schob frisches Holz ins Feuer, und es knackte und prasselte. „Wir schlossen uns in Salt Lake einem Wagenzug an, um durch das Indianergebiet zu fahren. Es hieß, wir sollten alle nach unseren Wagen sehen, denn die Kolonne würde nicht anhalten, wenn an einem der Wagen Rad oder Achse brechen sollte.

Doch schon am zweiten Tag, als wir mitten in der Wüste waren, brach eines unserer Räder, denn der Planwagen, den mein Vater für sein letztes Geld in Salt Lake gekauft hatte, war alt und morsch. Wir blieben allein zurück, um das Rad zu reparieren. Ich sollte auf einen Hügel klettern, um meinen Vater und meinen Bruder zu warnen, wenn Indianer auftauchten.

Sie kamen in der Abenddämmerung, und ich sah sie erst, als sie ganz nahe waren. Ich lief zum Wagen hinunter, wo schon geschossen wurde, aber ein Indianer ritt hinter mir her und riss mich auf sein Pferd. Er hielt mich fest, als er den Hang hinauf jagte. Ich kämpfte und wollte mich losreißen, und die ganze Zeit über hörte ich Schüsse, das Donnern von Pferdehufen und die Schreie der Indianer.

Aber als wir den Kamm des Hügels erreicht hatten, konnte ich sehen, dass der Planwagen brannte; und nun fielen auch keine Schüsse mehr. Ich hing auf dem

Pferderücken und wünschte, sie hätten auch mich getötet; dann wäre wenigstens alles vorbei gewesen. Nach einer Weile ritten andere Indianer den Hang herauf, und ihre Pferde waren mit allem beladen, was sie aus unserem Wagen geraubt hatten. Die Utes nahmen mich mit, und ich war bei ihnen, bis Pegleg mich kaufte."

Der alte Mann war bei den letzten Worten des Jungen erwacht. Nun setzte er sich stöhnend auf und rieb seinen Beinstumpf, der ihm, wie an jedem Morgen, Unbehagen bereitete.

„Wie sieht es draußen aus?", fragte er, während er sein Stelzbein festschnallte und aufstand.

„Es ist alles friedlich", antwortete Nevada. „Selbst die Pferde im Korral sind ruhig."

„Das hat nichts zu bedeuten", brummte Pegleg. Er trat an den Kamin, um sich zu wärmen. Flüchtig fuhr er Sandy mit einer Hand über das Haar.

„Wie geht es dir heute Morgen?", fragte er. „Ist der Kaffee schon heiß? Ich könnte einen Becher vertragen."

Sandy holte die Kanne und schob sie dicht an die tanzenden Flammen heran. Pegleg rieb sich die Hände, wartete, bis der Kaffee zu sieden begann, und füllte dann einen Zinnbecher bis zum Rand.

„Iss du zuerst!", sagte er, zu Nevada gewandt. „Ich werde inzwischen deinen Posten übernehmen." Er hielt den heißen Becher mit beiden Händen umspannt, als wollte er sich daran wärmen. „Du weißt, ich bin es nicht gewohnt, so früh am Morgen zu essen. Zu dieser Stunde genügt mir ein Schluck Kaffee."

Nevada nickte und ging zum Tisch hinüber, während der alte Mustangfänger ans Fenster humpelte und einen Blick hinauswarf.

„Nun glaube ich doch, dass du mit dem Essen noch etwas warten musst", knurrte er, stellte den Kaffeebecher auf den Hocker und griff nach der Winchester. „Da draußen wartet die hübscheste Versammlung roter Halsabschneider, die ich jemals gesehen habe."

Die drei Utes hielten etwa fünfundzwanzig Schritte von der Blockhütte entfernt auf ihren Pferden. Sandy konnte sie deutlich im ersten Morgensonnenlicht sehen.

Einer von ihnen war in ein Schwarzbärenfell gehüllt, dessen Schädel mit den blinkenden Zähnen über dem weißbemalten Gesicht saß. Das Fell hing bis auf den Pferderücken nieder. Die beiden anderen Indianer trugen Beutestücke von Kavallerieuniformen.

Bemalte Büffelhautschilde hingen an den struppigen Flanken ihrer Ponys, und jeder Reiter trug seinen Coupstab in einer Art Köcher auf dem Rücken. Sandy hatte sich einmal von Pegleg erzählen lassen, welche Bedeutung der Coupstab hatte und wie er verwendet wurde. Es schien, dass ein Krieger nach indianischer Auffassung den Mut und die Kraft seines Gegners auf sich selbst überleiten konnte, wenn er ihn mit dem Coupstab berührte. Pegleg hatte gesagt, dass es dabei keine Rolle spiele, wer den Gegner tötete. Der Trick bestand darin, ihn vorher mit dem Coupstab zu berühren und damit gleichsam in Besitz zu nehmen. Im Kampf mit der Kavallerie war diese Sitte ein großer Nachteil. Ohne sie hätten die Indianer bei geringeren eigenen Verlusten mehr weiße Soldaten töten können.

Die drei Utes waren mit Armeekarabinern bewaffnet, und vom Gewehrlauf des Reiters im schwarzen Bärenfell hing ein weißer Stofffetzen.

„Vor einer Minute war nicht einmal eine Feder von ihnen zu sehen", sagte Nevada. Er griff nach seiner Winchester und lud sie durch, doch Pegleg drückte den Lauf der Waffe herunter.

„Diese drei sind nicht allein gekommen", warnte er. „Wahrscheinlich verbirgt die Schlucht dort unten eine ganze Horde Utes. Wenn du einen Schuss abgibst, wird es sein, als hättest du mit einem Stock in ein Hornissennest gestoßen. Vorläufig sieht es aus, als wollten sie verhandeln;

also lass sie erst einmal reden. Hätten sie vor, uns anzugreifen, würden sie es längst getan haben."

„Willst du etwa zu ihnen hinausgehen?", fragte Nevada, als der alte Mann nach seinem Revolvergurt und dem Schaffellmantel griff.

„Warum nicht?", erwiderte Pegleg. „Mir scheint, wir haben keine andere Wahl. Und das wissen auch die Utes."

Nevada sah ihn zweifelnd an, dann nickte er. Doch als auch Sandy dem alten Mann folgen wollte, schüttelte dieser den Kopf.

„Du bleibst hier", sagte er, und der Tonfall seiner Stimme duldete keinen Widerspruch. Sein Gesicht war ernst und bestimmt. Flüchtig berührte er die eine Schulter des Jungen mit der Hand, als wollte er ihm mit dieser Bewegung Mut machen.

Dann schob er den schweren Holzriegel zur Seite und stieß die Tür auf. Die beiden Männer traten über die Schwelle und blieben, die Karabiner in den Händen, nach wenigen Schritten stehen, bereit, sofort zu schießen und rückwärts durch die Türhöhlung zu springen, wenn sich die weiße Fahne als Hinterhalt erweisen sollte.

Der Ute im Bärenfell trieb sein Pferd vorwärts, zügelte es aber sofort wieder, als Pegleg seine Winchester durchlud und die Mündung der Waffe auf ihn richtete. Er rief einige Worte herüber.

„Er sagt, er wolle mit uns verhandeln", übersetzte Pegleg. „Er will den Jungen haben. Mag sein, dass er derjenige ist, dem ich Sandy abgekauft habe. Ich erkenne ihn nicht wieder; aber unter all der Farbe, die er sich ins Gesicht geschmiert hat, könnte man nicht einmal einen Mustang von einem alten Ziegenbock unterscheiden."

Im Inneren der Blockhütte presste sich Sandy neben einem der schmalen Fenster gegen die Wand. Er hörte jedes Wort, das draußen gesprochen wurde, und sein Mund war trocken vor Angst. Eine Zeitlang hatte er geglaubt, dass die Erinnerung an das, was er in der Gefangenschaft der Utes erlitten hatte, verblasst wäre; aber mit dem Auftauchen der Indianer war seine Furcht wieder lebendig geworden.

„Sage ihm, dass wir keinen Jungen hier haben", hörte er Nevada erwidern.

Pegleg antwortete. Der Ute schrie ihm etwas zu, und der alte Mann sagte: „Er lässt sich nicht belügen. Er weiß, dass Sandy in der Hütte ist. Er sagt, der Junge sei sein Gefangener, und er wolle ihn nicht hergeben."

„Vielleicht war ihm der Preis, den du bezahlt hast, zu gering. Frage ihn, was er für den Jungen haben will!"

„Er will ihn nicht verkaufen", murmelte Pegleg, als der Indianer geantwortet hatte. „Ich habe ihm ein Gewehr und Patronen geboten, doch selbst dafür will er es nicht tun." Rasch warf er einen Seitenblick auf Nevada, ehe er fortfuhr: „Er sagt, sie würden uns töten, wenn wir den Jungen nicht freiwillig herausgäben; und diese Drohung ist ernst gemeint."

Sandys Herz schlug bis zum Hals. Er wusste nicht, wie Nevada sich entscheiden würde. Wenn er ihn, Sandy, nicht auslieferte, musste es zu einem Kampf kommen, von dem niemand sagen konnte, wie er enden würde. Für seinen Sohn würde Nevada sicher gekämpft haben, solange er am Leben war und eine Waffe halten konnte; doch Sandy war ein Fremder für ihn, von dem er nur wenig wusste und der gegen seinen Willen hergebracht worden und geblieben war. Noch konnte er den drohenden Kampf vermeiden, indem er Sandy zu den Indianern zurückschickte.

Der Junge drückte sich noch enger an die Balkenwand. In seiner Angst sah er sich nach einem Fluchtweg um, doch nur die Vorderfront der Hütte hatte Fenster und eine Tür. Wenn er aber da hinaustrat, würden ihn die Utes sehen; und was dann geschehen musste, wagte er sich nicht vorzustellen.

„Du musst dich nun entscheiden, Nevada", hörte er Pegleg draußen sagen. „Diese Utes sind zwar eine heimtückische Bande, aber vielleicht halten sie dennoch ihr Wort und ziehen ab, wenn du ihnen den Jungen auslieferst. Was soll ich ihnen also sagen?"

„Sage ihnen, sie sollen sich zur Hölle scheren!", erwiderte Nevada. „Und sage ihnen auch, dass der Junge bei uns bleibt!"

Sandy vernahm Peglegs Stimme, die den Indianern etwas zurief. Er schob sich ein wenig vor und sah, wie die Utes ihre Pferde herumwarfen und zum Eingang der Felsenschlucht zurückritten.

„In die Hütte, schnell!", sagte Nevada und stieß die Tür auf. Im gleichen Augenblick sah Sandy, wie der in schwarzes Bärenfell gehüllte Indianer sich auf dem Rücken seines Pferdes umwandte, den Karabiner mit einer Hand an die Schulter hob und abdrückte. Das alles ging so schnell, dass Sandy keine Zeit mehr fand, Pegleg und Nevada zu warnen. Grollend wie ein Donnerschlag sprang der Widerhall des Schusses aus der Schlucht zurück. Pegleg, der eben auf der Türschwelle stand, taumelte, als hätte er einen wuchtigen Stoß in den Rücken erhalten, und stürzte vornüber.

Nevada drehte sich um und feuerte, die Winchester im Hüftanschlag, so rasch er den Ladehebel bedienen konnte. Pulverrauch trieb im Wind davon. Die Utes stießen ihr Wolfsgeheul aus, als sie in die Deckung der Schlucht jagten.

Nevada sprang über die Schwelle und warf krachend die Tür zu. Und dort, wo er noch vor einer Sekunde gestanden hatte, fuhren mehrere Pfeile in das Holz der Wand.

Sandy kniete bereits neben Pegleg, der sich mühsam auf den Ellenbogen aufrichtete. Sein Gesicht zeigte einen überraschten, verblüfften Ausdruck. Nevada half ihm, sich mit dem Rücken gegen die Wand zu lehnen.

„Wo bist du verwundet, mein Alter?", fragte er und riss Peglegs Schaffellmantel auf, um nach der Verletzung zu suchen.

Der alte Pferdejäger schüttelte den grauhaarigen Kopf. „Seit ich als Kind aus einer zwanzig Meter hohen Kiefer fiel und mir dabei einige Knochen brach, habe ich nicht mehr so viele besorgte Gesichter um mich gesehen", knurrte er.

„Bist du nicht verwundet, Pegleg?", fragte Sandy.

„Doch. Aber dieser verdammte Indianer hat den einzigen Teil meines Körpers getroffen, in dem nicht einmal eine Gewehrkugel schmerzt."

Stöhnend setzte sich der alte Mann auf und betrachtete sein Holzbein. Eine Handbreit unter dem Knie war es von dem Geschoss getroffen und zerschmettert worden.

„Wer hätte jemals gedacht, dass ich den Segen eines Holzbeines preisen würde", sagte er. „Sandy, auf meiner Schlafstelle, zwischen den Decken und der Wand, liegt der zweite Stelzfuß, den ich mir für alle Fälle zurechtgeschnitzt habe. Es sieht so aus, als würde ich ihn jetzt brauchen."

Nevadas Gesicht entspannte sich ein wenig. „Jage mir nicht noch einmal einen solchen Schrecken ein, du alter Gauner", sagte er rau, um seine Erleichterung zu verbergen.

Draußen peitschten mehrere Schüsse. Eine Kugel durchschlug einen dünnen Fensterladen und blieb im Mauerwerk des Kamins stecken.

„Halte keine langen Reden", murrte Pegleg. „Nimm lieber dein Gewehr und sieh zu, dass du uns diese rothäutigen Banditen vom Halse hältst."

Er schnallte das Holzbein, das Sandy ihm brachte, fest und warf dem Jungen dabei einen verschmitzten Seitenblick zu.

„Ich glaube, du warst nicht sicher, wie Nevada sich entscheiden würde", sagte er leise. „Du hattest einen Augenblick lang Angst, er könnte dich den Indianern ausliefern."

Sandy nickte, ohne den alten Mann dabei anzusehen, und dieser lächelte und legte ihm eine Hand auf die Schulter.

„Er wird dich nie im Stich lassen", sagte er, und dann richtete er sich mühsam an der Wand auf, griff nach seiner Winchester und stolperte an eines der Fenster.

*

60

Als Sandy aus seinem unruhigen Schlaf erwachte, war bereits die Abenddämmerung hereingebrochen, und die untergehende Sonne warf fächerförmige rote Strahlen durch die Schießscharten in den Fensterläden. Sandy schob seine Decken zur Seite und setzte sich auf. Der Geruch kalter Asche mischte sich in der dämmrigen Luft mit dem von Leder, Schweiß und Kaffee. Das Feuer im Kamin war erloschen, und auf dem rohen Holztisch standen noch die Überreste der letzten Mahlzeit, weil niemand sich die Mühe gemacht hatte, sie wegzuräumen. Zwischen den Kannen, Bechern und Blechtellern lagen aufgerissene Pappschachteln, aus denen Messinghülsen von Patronen schimmerten.

„Sobald die Sonne untergegangen ist, werden sie angreifen", hörte Sandy Pegleg sagen. Die beiden Männer standen an den Fenstern und blickten durch die Schießscharten, und ihre Gesichter waren rot vom letzten Tageslicht. Draußen war alles still, nur der Wind klagte im Kamin.

Nach einer Weile stapfte Pegleg zum Tisch. Während er Kaffee in einen Becher goss, warf er einen Blick zu Sandy hinüber und bemerkte, dass der Junge bereits wach war.

„Komm her!", sagte er. „Ich werde dir zeigen, wie man Gewehre lädt und welche Patronen man nehmen muss."

„Sie kommen, Pegleg!", rief Nevada plötzlich, und der alte Mann nahm seinen Karabiner vom Tisch und humpelte zu seiner Schießscharte. Sandy drückte sich neben ihm an die Balkenwand, um einen Blick hinauszuwerfen.

Dort, wo die Sonne untergegangen war, flammte der Himmel. Mehrere Utes waren am Rande der Mesa aufgetaucht und ritten nun in weitem Halbkreis um die Blockhütte herum, bis sie von den Schießscharten aus nicht mehr zu sehen waren.

Nevada und Pegleg luden ihre Gewehre durch, und im gleichen Augenblick wurde draußen rasender Hufschlag laut, Pferde wieherten, und das Wolfsgeheul der Utes erscholl.

Wie Schemen jagten sie an der Hüttenwand vorbei. Sandy sah, dass sie an langen Lassos Bündel trockenen Strauchwerks hinter sich herzogen. Der trockene, weiße Tonstaub wurde in ganzen Wolken emporgewirbelt und verdüsterte den Abendhimmel. Nevadas Winchester dröhnte, und gleich darauf knallte Peglegs erster Schuss. Doch die wilden Reiter waren schon im Staub verschwunden.

„Sie wollen, von den Staubwolken geschützt, so nahe wie möglich herankommen", rief Pegleg. „Wahrscheinlich werden sie das Holz in Brand stecken, um uns auszuräuchern. Lass sie ganz nahe herankommen, Nevada. Aber dann schicke ihnen an Blei entgegen, was aus dem Lauf geht."

Irgendwo hinter dem Staub, der das Abendlicht nur gedämpft in die Blockhütte dringen ließ, ertönte Pferdegetrappel. Doch da war noch ein anderes Geräusch, das klang, als würde ein schwerer Gegenstand über die Erde geschleift.

Und dann zerbarst der Staub, und zwei Utes auf bemalten Pferden rasten genau auf die Hütte zu. Jeder der Indianer hielt ein Lasso in der Hand, dessen Schlinge am Ende eines schweren Kiefernstammes befestigt war, der zwischen den Ponys mit großer Geschwindigkeit durch den Sand gezogen wurde.

Bevor noch Pegleg und Nevada die Gewehre heben konnten, rissen die beiden Reiter ihre Tiere scharf zur Seite und ließen die Lassos fahren. Nevadas Schuss warf einen der Utes aus dem Sattel, doch es war schon zu spät.

Der Baumstamm schoss wie ein Rammbalken vorwärts und traf die Tür des Blockhauses. Ein splitterndes Krachen ertönte, als diese zerschmettert und aus den Angeln gerissen wurde. Der Stamm flog quer durch den Raum, prallte gegen den Kamin und schlug dröhnend auf dem Boden auf.

Sandy hob schützend beide Arme vor sein Gesicht, als die Holzsplitter nach allen Seiten flogen, und nun drang der Staub in Wolken herein und blendete die Männer und den Jungen.

Nevada feuerte mehrmals durch die offene Türhöhlung, dann sprang er über die Schwelle ins Freie, um nicht, eingeschlossen in den niedrigen Raum, gegen die Indianer kämpfen zu müssen.

Vier Utes drängten ihre Pferde an die beiden weißen Mustangfänger heran. Pegleg ergriff seine Winchester mit beiden Händen am Lauf, und mit einem Kolbenschlag holte er einen der Indianer aus dem Sattel. Im nächsten Augenblick traf ihn die Schulter des dahinstürmenden Ponys vor die Brust und warf ihn zu Boden, und er musste sich zur Seite rollen, um den stampfenden Hufen zu entgehen.

Nevada sah einen Ute aus den Staubwolken heraus auf sich zu galoppieren. Er trug ein blaues Truppenhemd und einen Kavalleriehut, unter dem das schwarze Haar hervorwehte. In der rechten Hand hielt er einen Armeekarabiner. Er war kaum noch fünf Schritte von Nevada entfernt, als er feuerte.

Der Pulverrauch stach Nevada ins Gesicht. Die Kugel verfehlte ihn um Haaresbreite und fuhr in die Wand des Blockhauses; dann schoss er selbst, und das Mündungsfeuer seiner Winchester versengte die Brust des im Sattel zurücksinkenden Kriegers.

Da drängte ein zweiter Ute sein Pferd an ihn heran. In der zum Stoß erhobenen Rechten hielt er einen federgeschmückten Kavalleriesäbel, den er bei den Kämpfen im Norden erbeutet haben mochte. Es war jener Indianer, der sich in das Schwarzbärenfell gehüllt hatte. Der vierte Ute hielt einige Schritte abseits und legte einen neuen Pfeil auf die Bogensehne.

Nevada ließ die Winchester fallen und umspannte mit seiner Linken das Gelenk der herabsausenden Hand, die die Säbelklinge hielt. Mit dem rechten Arm presste er den nach ranzigem Fett riechenden Körper des Indianers an sich, um ihn als lebenden Schild zwischen sich und den vierten Krieger zu halten, der hoch aufgerichtet und mit gespanntem Bogen auf dem Rücken seines Pferdes saß und darauf wartete, dass der Mustangfänger sich eine Blöße gab und er ihn mit dem Pfeil töten konnte.

Doch Pegleg, der dicht neben der Balkenwand der Hütte lag, richtete sich auf einem Ellenbogen auf und schoss den Indianer mit seinem alten Dragonercolt durch die Brust.

„Nevada!", rief er durch den Staub und den Pulverrauch, und als er keine Antwort erhielt, stemmte er sich mühsam hoch und humpelte dorthin, wo er Nevada und den bärenfellbehangenen Krieger zuletzt kämpfen gesehen hatte.

Doch es war schon alles vorbei. Der Sattel des Indianerpferdes war leer, und der Ute lag, noch immer in das schwarze Fell gehüllt, im weißen Tonstaub der Mesa.

Nevada warf den federgeschmückten Kavalleriesäbel weg und fuhr sich mit dem Handrücken über das Gesicht, als Pegleg neben ihm stehenblieb.

„Ist alles in Ordnung?", fragte der alte Mann, der noch immer den Revolver in der Hand hielt.

„Ja", antwortete Nevada, und sein Atem ging schwer und keuchend, „aber hier können wir nun nicht länger bleiben.

Pegleg legte ihm die Hand auf die Schulter. „Kümmere du dich nur um die Pferde", antwortete er. „Der Junge und ich werden inzwischen alles in die Alforjas packen, was wir mitnehmen können."

*

Sandy fühlte, wie sein wild pochendes Herz sich allmählich beruhigte, während er zusammen mit dem alten Mann die ledernen Tragsäcke füllte, und langsam überkam ihn eine seltsame Müdigkeit. Fast mechanisch verrichteten seine Hände ihre Arbeit und stopften Leinenbeutel mit Proviant, Decken, leere Wasserschläuche, Patronenschachteln und hundert andere Dinge in die Alforjas. Sie konnten nicht alles mitnehmen; vieles musste zurückgelassen werden, was einst unter großen Mühen hier heraufgebracht worden war. Doch es wäre gefährlich gewesen, die Lastpferde zu schwer zu beladen, denn die Schnelligkeit und Ausdauer ihrer Tiere konnten über Leben und Tod entscheiden, wenn sie auf der Flucht von Utes entdeckt wurden.

„Wir müssen uns beeilen", sagte Pegleg, während er seine Satteltasche zuschnürte. „Je weiter wir bei Tagesanbruch von der Mesa und der Blockhütte entfernt sind, desto besser für uns."

„Wohin werden wir reiten, Pegleg?", fragte Sandy.

„Nach Westen", erwiderte der alte Pferdefänger. „Wir reiten in das Gelobte Land, nach Kalifornien." Er legte die narbenzerfurchten Hände auf das speckige, abgewetzte Leder der Satteltaschen. „Bei Gott, Sandy, ich bin froh, dass alles so kam, wie es gekommen ist. Nun verlassen wir diese Berge, und eines Tages wird Nevada auch dieses schwarze Teufelspferd vergessen."

Die beiden Männer fingen die Pferde im Korral eines nach dem andern ein. Noch scheu vom Lärm des Kampfes und dem Geruch des Pulverrauchs, versuchten die Tiere auszubrechen, zu beißen und mit den Hufen zu schlagen. Nevada und Pegleg mussten alle Kräfte aufbieten, um sie zu bändigen, ihnen das Zaumzeug überzustreifen und die Sattelgurte festzuziehen. Die Packpferde wurden beladen und mit einem Lasso zu einer langen Kette verbunden.

Sandy streichelte den Hals des Tieres, dem Pegleg den Sattel des Jungen aufgelegt hatte. Er war der Hengst mit der Stirnblesse und dem weißen Vorderbein, von dem Nevada gesprochen hatte, als er am vergangenen Abend am Korralgatter gestanden hatte. Das Pferd, das sich nun, ebenso wie die anderen Tiere, ein wenig beruhigt hatte, schnaubte leise, wandte den Kopf und versuchte, das Gesicht des Jungen mit seinen warmen, samtweichen Nüstern zu erreichen.

Pegleg gab Sandy ein Zeichen, und beide saßen auf und ritten zum Eingang der Schlucht, der düster in die Abenddämmerung gähnte. Dort zügelten sie ihre Pferde und blickten zurück.

Nevada stand barhäuptig und bewegungslos vor dem Grabhügel. Lange verharrte er so, dann zog er das einfache Holzkreuz am Kopfende des Hügels aus der Erde und ging damit ins Haus. Als er wieder aus der Türhöhlung trat, trug er in jeder Hand eine Petroleumlampe. Er zerschmetterte die Glaszylinder und goss das Petroleum über die Hüttenwände. Dann warf er die Lampen weg und riss mit dem Daumennagel ein Schwefelhölzchen an. Sekundenlang schützte er es mit der hohlen Hand, dann brachte er das Flämmchen an die Balkenwand heran, an der das Petroleum herabrann, und sofort züngelte Feuer auf.

Bläuliche Flammen huschten mit leisem Fauchen über die Wand, breiteten sich aus, und mit einem Mal brannte die ganze Hütte wie eine riesige Fackel. Brausend stiegen die Flammen empor und fraßen sich gierig durch das ausgedörrte Holz der alten Kiefernstämme. Taghell war die Mesa erleuchtet, und alle Gegenstände warfen schwankende, scharfe, schwarze Schatten.

Sandy sah zu Pegleg hinüber. Der alte, grauhaarige Mann saß wie versteinert im Sattel. Er sagte kein Wort, doch über seinen zusammengepressten Lippen zuckten unaufhörlich die Muskeln seiner hageren Wangen, und hart umschlossen seine Hände das Sattelhorn.

Erst als sich Nevada neben ihm in den Sattel schwang, hörte Sandy Pegleg murmeln: „Ich weiß, warum du das getan hast."

Und Nevada erwiderte: „Gut, dann brauchen wir nicht darüber zu reden."

Keiner verlor mehr ein Wort. Stumm sahen sie zu, wie die Flammen aus den Fensterhöhlen schlugen. Das Dach senkte sich und brach funkenstiebend zusammen, und eine brausende Lohe stieg zum Himmel empor. Träge Rauchschwaden trieben in Fetzen über die Mesa.

„Es ist an der Zeit", murmelte Pegleg schließlich. „Der Feuerschein wird Indianer heranziehen, wie ein Pferdekadaver Bussarde anlockt."

Nevada nickte schwer. Er griff nach der langen Leine der Packpferde und ritt wortlos davon. Pegleg und Sandy trieben ihre Tiere an und folgten ihm, während hinter ihnen der Wind die Flammen anfachte und prasselnd und zischend in den dunklen, eisenfarbenen Himmel steigen ließ.

El Malo

In einem versteckt liegenden Hügeltal, in dem es ein schlammiges Wasserloch gab, rasteten sie im Morgengrauen, ohne ein Lager aufzuschlagen. Sie ließen die Pferde saufen, tranken selbst einen Schluck aus den Blechflaschen und aßen kaltes, geröstetes Fleisch und harte Maisfladen.

Und dann ritten sie unter der sengenden Sonne immer weiter nach Westen, durch wüstes, leeres Land. Pegleg sagte, es werde das „Maisfeld des Teufels" genannt, weil die überall wuchernden Mesquitebüsche im Abendsonnenlicht wie ein Maisfeld glänzten. In der Ferne erhoben sich langgestreckte, erdbraune Hügelrücken und dahinter die nackten, schimmernden Berge.

„Wir müssen diese Berge um jeden Preis erreichen, bevor unser Wasservorrat zu Ende geht", sagte Pegleg und schüttelte seine Flasche, in der kaum noch Wasser gluckerte. „Es gibt dort eine versteckte Wasserstelle, die Paiute Wells genannt wird; sie müssen wir erreichen, sonst ergeht es uns wie dem da."

Er deutete auf den Schädel und die gebleichten Knochen eines Pferdes, die halb vom sonnenglühenden Sand bedeckt waren.

Sie ritten durch die Hügel und folgten dann einem tief eingeschnittenen Arroyo, einem uralten, ausgetrockneten Flussbett, an dessen Rändern das Gespinst der Cholla-Kakteen wie goldener Distelflaum in der Sonne leuchtete. Die beschlagenen Hufe der Pferde klirrten auf den flachen Steinen, die den Grund des Arroyos bedeckten.

Als die Sonne unterging, erreichten sie die Wasserstelle von Paiute Wells, die zwischen drei riesigen Felstürmen verborgen lag. Hier hatten sich vor undenklicher Zeit mehrere tiefe Pfannen, von den mexikanischen Mustangfängern Tinajas genannt, in dem harten Felsgestein gebildet. In ihnen sammelte sich das Wasser der in der Wüste seltenen Regenfälle und blieb oft monatelang erhalten, wenn nicht einer der glühend heißen Staubstürme über die Pfannen hinwegfegte und sie in wenigen Minuten völlig austrocknete. Manch ein einsamer Pferdejäger war in der Wüste verdurstet, weil er auf eine leere Tinaja gestoßen war.

Paiute Wells aber führte Wasser. Nevada stieg aus dem Sattel, kniete am Rande der größten Felspfanne nieder, zerteilte die feine Staubschicht auf der Wasseroberfläche vorsichtig mit den Händen, schöpfte und trank.

„Das Wasser ist gut", sagte er, und das waren die ersten Worte, die er sprach, seit sie die Mesa und die brennende Blockhütte verlassen hatten. „Pegleg, du führst zusammen mit dem Jungen die Pferde zu der am tiefsten gelegenen Tinaja. Sattelt aber vorher ab, denn wir werden die Nacht über hierbleiben."

Der alte Mann und der Junge saßen ab und machten sich daran, den Packpferden Sättel und Traglasten abzunehmen; dann führten sie sie ans Wasser und sahen zu, wie die Tiere die Köpfe senkten und zu saufen begannen.

„Das ist ein feiner Platz, um die Nacht zu verbringen", sagte Pegleg und streichelte den Hals seines Pferdes. „Manchmal kommen auch Mustangs hierher, um ihren Durst zu stillen. Sie kennen selbst das kleinste Wasserloch in einem Umkreis von zweihundert Meilen. Wenn du dich genau umsiehst, wirst du noch ihre Hufspuren im Sand finden. Komm, wir wollen ein Feuer entzünden! Die Nächte in der Wüste sind oft bitter kalt, vor allem jetzt, da es auf den Winter zugeht. Und nichts weckt die Lebensgeister so wie ein Becher heißen Kaffees."

Sie breiteten ihre Schlafdecken auf der Erde aus, schoben die Sättel als Kopfkissen zurecht und sammelten dann das Holz verdorrter Sträucher. Nevada kam erst von seinem Ausguckposten auf einer Felszinne zurück, als das Feuer bereits brannte.

Er warf die Winchester auf seine Decken und ließ sich vor dem Feuer auf ein Knie nieder. Obwohl Sand und Felsen noch die Hitze des vergangenen Tages in die Dämmerung verströmten, trug Nevada bereits seine lammfellgefütterte Lederjacke.

Sein Gesicht sah im Schein der Flammen müde aus, und jeder seiner Züge schien von Bitterkeit gezeichnet zu sein. Sandy wollte es scheinen, als sei eine unsichtbare Mauer um Nevada errichtet, die ihn einsam und verlassen machte.

Pegleg, der die Kaffeekanne aus einem Wasserschlauch füllte, warf aus den Augenwinkeln einen Blick auf Nevada, schien das Schweigen aber nicht brechen zu wollen.

Erst als der Kaffee zu brodeln begann und sein guter, starker Geruch die Luft erfüllte, pfiff Pegleg leise vor sich hin.

„Zu meiner Zeit hatten wir bei der Kavallerie ein besonderes Rezept, um Kaffee zu kochen", sagte er, zu Sandy gewandt. „Da hieß es: Man nehme ein Pfund Kaffee, feuchte es mit wenig Wasser an und bringe es zum Kochen. Wenn die Mischung Blasen zu schlagen beginnt, lege man ein Hufeisen hinein. Geht das Eisen unter, gebe man noch mehr Kaffee hinzu. Das war eine Brühe, die selbst den ältesten Mann noch in den Sattel hob."

Er verstummte und warf einen Seitenblick auf Nevada, doch dieser kauerte noch immer vor dem Feuer und schien nichts gehört zu haben. Da zuckte der alte Mustangfänger mit den Schultern, seufzte und machte sich daran, das Essen, das aus kaltem Fleisch und Maisfladen bestand, zu verteilen.

„Kalifornien wird dir gefallen", sagte er zu Sandy. „Dort gibt es weites, grünes, hügeliges Land und die besten Pferde der Welt und nicht wie hier nur Staub, Steine und Felsen."

*

Mitten in der Nacht erwachte Sandy und fuhr aus seinen Decken hoch. Er wusste nicht, was ihn geweckt hatte. Vom Schlaf noch ganz benommen, blickte er sich um. Die letzte Glut verdämmerte in der Feuerstelle, doch das Mondlicht ließ Hügel und Felsentürme weiß aus der Nacht hervortreten. Kein Windhauch regte sich. Die Luft schien in schneidender Kälte erstarrt zu sein.

Die Pferde waren unruhig und zerrten an den Seilen, mit denen sie festgebunden waren, und plötzlich spürte Sandy, wie die Erde unter ihm zu zittern begann. Ein anhaltendes, dumpfes Grollen ertönte, wurde immer lauter und schien näher zu kommen.

Sandy warf einen Blick auf Pegleg und Nevada, die sich nun ebenfalls aufrichteten.

„Was ist das, Pegleg?", fragte Sandy.

Der Alte warf seine Decke zur Seite und erhob sich schwerfällig. „Es gibt nur eine Art von Lebewesen, deren Hufe die Erde so erzittern lassen können: Mustangs. Es muss eine ungeheuer große Herde sein. Da, sieh doch nur!"

Und im ungewissen Mondlicht ergoss sich ein gewaltiger Strom von wilden Pferden über einen, kaum eine halbe Meile entfernten Hügelgrat. Wie ein stetig dahinströmender Fluss galoppierten Hunderte und aber Hunderte von Mustangs auf Paiute Wells zu. Die Erde erzitterte immer heftiger, und Staubwolken hingen über den Hügeln. Immer neue Tiere drängten sich über den Hügelkamm. Hengste, Stuten und Fohlen zogen nach Westen, als folgten sie einem geheimnisvollen Ruf. Sandy schien es, als bewegten sich die Wildpferde im aufwallenden Staub schwerelos dahin, ohne dass ihre Hufe die Erde berührten. Rücken an Rücken, Flanke an Flanke, Kopf an Kopf kamen sie heran.

„Die Herde des schwarzen Mustangs", kam es halblaut über Peglegs Lippen, und er ballte die Fäuste. Und im gleichen Augenblick, in dem er das sagte, sahen sie alle drei den sagenhaften Hengst.

Er stand einsam auf einem felsigen, steilen Grat, und im Mondlicht, das tiefdunkle Schatten auf sein Fell zeichnete, wirkte er noch unheimlicher, als er in Wirklichkeit war. Seine lange Mähne flatterte in einem jähen Windstoß wie eine zerschlissene Fahne, die über einem Schlachtfeld weht. Regungslos blickte er auf Paiute Wells hinab, dann bäumte er sich plötzlich auf, und seine Hufe schienen nach den Sternen zu schlagen. Ein zorniges, schrilles Wiehern drang mit einer weißen Atemwolke aus seinem Maul, als er sah, dass ihm der Weg zu den Wasserlöchern versperrt war.

Nevadas Gesicht veränderte sich, seine Hände öffneten und schlossen sich krampfhaft, und Sandy, der in seiner Nähe stand, hörte ihn leise und mit tonloser Stimme sagen: „Du schwarzer Satan, kommst du jetzt, um mich zu verhöhnen?"

Plötzlich bückte er sich und zog die Winchester aus dem Sattelschuh; doch bevor er die Waffe heben konnte, war Pegleg schon bei ihm und griff mit beiden Händen nach dem Gewehr. Nevada versuchte, ihn zurückzustoßen, doch der alte Mann widerstand ihm. Stumm und erbittert kämpften die beiden Männer um den Besitz des Gewehres. Auf einmal verlor Peglegs Hand ihren festen Halt, glitt ab und berührte dabei den Abzug der Winchester. Ein Flammenblitz zuckte, und das Krachen des Schusses hallte von den Felsentürmen wider.

Die vordersten Tiere der nahenden Herde hielten zögernd an und warfen schnaubend und zurückscheuend ihre Köpfe hoch. Doch die hinter ihnen kommenden Mustangs drängten vorwärts, und ein Knäuel wild wiehernder, stampfender, um sich schlagender Pferde bildete sich, bevor sich die Herde zur Flucht wandte und in den Staubwolken verschwand.

Nevada ließ die Winchester sinken. Sein Atem ging schwer und keuchend. „Warum hast du das getan?"

„Was wäre denn gewonnen gewesen, wenn du den Hengst getötet hättest?", fragte Pegleg. Der Blick seiner scharfen, hellen Augen ließ Nevada nicht los. „Dieser Mustang ist nur ein Pferd, wie es sie zu Tausenden in den Bergen gibt, und nichts an ihm ist böse. Das Böse ist nur in den Gedanken der Männer, die ihn jagen. Der Hengst kämpft um seine Freiheit, Nevada, und wie jeder wilde Mustang tötet er nur, wenn er in die Enge getrieben wird und ihm kein Fluchtweg mehr bleibt."

Der alte Mann verstummte, fuhr sich mit dem harten, sehnigen Handrücken über die Augen, und sein silberner Ohrring blitzte im Mondlicht.

„Mach endlich Frieden mit dir selbst!" sagte er.

„Wo finde ich den?", erwiderte Nevada, und in seiner Stimme war so wenig Wärme und Leben wie in einem erloschenen Feuer.

„Hör auf, den Hengst mit deinem Hass zu verfolgen, oder du wirst niemals Ruhe finden."

Nevada starrte ihn an. Sein Gesicht war ganz weiß im Mondlicht, und seine Augen waren schmale, dunkle Schattenstriche. Regungslos stand er da, die Winchester in der schlaff herabhängenden Hand, und der Atem wehte wie Rauch von seinen Lippen.

Plötzlich fielen seine Schultern nach vorn, und er ließ den Kopf sinken wie ein tödlich verwundeter Mustanghengst, der sich mit letzter Kraft auf den Beinen hält. Dann wandte er sich ab, kniete neben seinem Schlafplatz nieder, schob die Winchester in den Sattelschuh zurück und machte sich daran, seine Decken zusammenzurollen. Schweigend lud er sich den schweren Sattel, das Zaumzeug und die Wasserflasche auf die Schultern.

„Wohin willst du?", fragte Pegleg, der neben ihm gestanden und ihm zugesehen hatte.

„Ich gehe", antwortete Nevada und griff nach seinem Hut und dem Revolvergurt. „Ich nehme eines der Packpferde und einen Teil des Proviants mit. Die übrigen Tiere könnt ihr, du und der Junge, behalten."

Er wollte an Pegleg vorbei, doch der alte Mustangfänger trat ihm in den Weg.

„Ist es nun so weit gekommen?", sagte er bitter. „Den ganzen Bürgerkrieg hindurch und all die Jahre danach ritten wir Seite an Seite, und jeder hätte für den anderen sein Leben gegeben. Wie oft haben wir den letzten Bissen Brot und den letzten Schluck Wasser miteinander geteilt! Soll das nun alles vergessen sein? Wäre Colonel Moseby jetzt hier, dann würde er dir ordentlich die Leviten lesen, Nevada!"

Nevada antwortete nicht, sondern ging zu den Pferden und begann seinen Braunen und ein Packpferd zu satteln. Pegleg nahm seinen Hut ab und warf ihn auf die Erde. Sandy, der dicht neben ihm stand, sah die plötzlich hervorbrechende Verzweiflung in seinen Augen schimmern.

„El Malo, der Böse", sagte der alte Mann mit einem zornigen Auflachen. „Niemand hätte einen besseren Namen für dieses Teufelspferd finden können."

Nevada hatte inzwischen eine schwere Alforja und einen der ziegenledernen Wassersäcke auf dem Packsattel festgeschnallt; nun trat er zu seinem Braunen. Als er Peglegs Worte hörte, zögerte er, doch dann griff er nach dem Sattelhorn, schob den Fuß in den Steigbügel und saß auf. Das Lastpferd am Zügel hinter sich herziehend, ritt er im Schritt in die Dunkelheit hinein, und das Geräusch der Hufschläge verklang.

Leise knisterte die letzte Glut in der Feuerstelle, und der Nachtwind klagte zwischen den bleichen Felstürmen. Der alte Mann und der Junge sahen einander an, dann ließ Pegleg das Kinn auf die Brust sinken, wandte sich ab, trat zu der verglimmenden Asche und goss den Rest des Kaffees, der noch in der Kanne war, in die Glut, die zischend erlosch. Eine dünne Rauchsäule stieg weiß im Mondlicht auf.

Der alte Mustangfänger knöpfte seinen Fellmantel zu, hauchte sich in die Hände und machte sich daran, seine Decken zusammenzurollen.

„Hilf mir, die Pferde zu satteln und zu beladen!", sagte er zu Sandy. „Hier können wir nicht mehr bleiben. Nachts trägt die klare Wüstenluft jedes Geräusch viele Meilen weit, und wenn Indianer in der Nähe sind, haben sie den Schuss gehört."

Im Schneesturm

In der Morgendämmerung kam ein eisiger Wind auf, der Himmel nahm die Farbe lehmiger Erde an, und Wolkenberge verdüsterten das fahle Sonnenlicht. Gegen Mittag wirbelten die ersten Schneeflocken durch die schweren Äste der Kiefern, und kurze Zeit darauf trieb der Wind ganze Wolken von Schnee und winzigen Eiskristallen vor sich her.

Sandy trug einen schweren, warmen Schaffellmantel und Handschuhe, die ihm Pegleg gegeben hatte. Um den Kopf hatte er ein Wolltuch geschlungen, doch tausend winzige Eisnadeln stachen nach seinem Gesicht, so dass er es mit einer Hand schützen musste.

Mühsam, die Köpfe gegen den Sturm gesenkt, der an ihren Mähnen zerrte, suchten sich die Pferde ihren Weg. Geisterhaft tauchten ab und zu Felsen, Kiefern und Cottonwoodbäume aus dem Schneegestöber auf, wenn der Sturm, als müsse er Atem holen, für einen Augenblick nachließ und das Gewirbel der Flocken die Luft wie Rauch erfüllte.

Sandy wusste nicht, wie lange das weiße Wüten gedauert hatte, als der Schneesturm endlich erschöpft schwieg. Eine bleiche Sonne stand hinter den jagenden Wolken, und ringsum glitzerte das Land in eisiger Schönheit.

Pegleg zügelte sein erschöpftes Pferd in einem Hügeltal, im Schutze schneebeladener Kiefern. Dünne Eisrinde hatte sich auf seinem Kinn gebildet, wo sein warmer

Atem zu Reif erstarrt war. Er wischte sie mit dem Handrücken weg und wandte sich im Sattel um.

„Wir müssen eine geschützte Stelle finden, wo wir lagern können", rief er Sandy zu, während er den Hut abnahm, um damit den Schnee von seinem Mantel zu klopfen. „Siehst du die Wolken, die sich dort im Westen türmen? Das wird eine schlimme Nacht für alle, die bei Einbruch der Dunkelheit noch keinen Unterschlupf gefunden haben. Steige auf den Hügel und sieh dich nach einem Ort um, wo wir bleiben können! Ich würde es selbst tun, wüsste ich nicht genau, dass ich mit diesem Holzbein, das zu nichts nütze ist, im tiefen Schnee hilflos wäre wie ein Wolf, der im Fangeisen sitzt. Gib mir die Zügel, und ich werde dein Pferd halten."

*

Sandy versank bis zu den Knien im Schnee, als er absaß. Mühsam bahnte er sich einen Weg zum Kamm des Hügels, wo Eiskristalle an den dürren Ästen verschneiter Sagebüsche glitzerten. Dort oben stehend, sah er sich um.

Jenseits der schmalen Ebene, die sich vor ihm ausdehnte, öffnete sich zwischen kahlen Felswänden eine tief eingeschnittene Schlucht, deren Ränder von einzelnen, sturmzerzausten Schwarzkiefern überragt wurden.

Genau unterhalb von Sandys Hügel jedoch hielten lange Kolonnen von Kavalleristen, in blaue Armeemäntel gehüllt, auf ihren Pferden. Weiß dampfte der Atem von Männern und Tieren in der eisigen Luft.

Hastig ließ sich Sandy zwischen den Büschen in den Schnee sinken, um zurück zu kriechen. Flocken stäubten von den dürren Ästen des Buschwerks auf ihn herab. In diesem Augenblick fühlte er etwas Schweres auf seinem Knöchel und wandte erschrocken den Kopf. Ein großer Fuß, der in einem Mokassin steckte, hielt sein Bein im Schnee fest.

Langsam hob Sandy den Blick. Über ihm stand ein Indianer, der einen Truppenhut und eine Kavalleriejacke über der Stammestracht trug.

„Verhalte dich ganz ruhig, Junge, dann geschieht dir nichts", sagte er. „Gehörst du zu dem alten Mann, den du dort unten bei den Pferden zurückgelassen hast?"

Sandy war so erschrocken, dass er kein Wort hervorbrachte; er nickte nur hastig. Der Indianer gab sein Bein frei, trat einen Schritt zurück und nahm seine Winchester in die linke Armbeuge.

„Geh vor mir her!", befahl er. Sandy richtete sich auf und stolperte durch den knirschenden Schnee hangabwärts.

76

Ein zweiter Indianer saß in Peglegs Nähe auf einem Pony mit schneeverkrusteten Flanken und hielt seinen Karabiner auf den alten Mann gerichtet.

Pegleg sah Sandy mit unbehaglichem Gesichtsausdruck entgegen. „Du brauchst keine Angst zu haben", sagte er. „Diese beiden sind Armeescouts." Und mit einem ärgerlichen Kopfschütteln fügte er hinzu: „Trotzdem wäre es mir lieber gewesen, sie hätten uns nicht gesehen."

Mehrere Reiter tauchten plötzlich auf einem Hügelkamm auf, und Sandy sah, dass es Soldaten waren, die da herankamen. Ihre blauen Mäntel flatterten im Wind, und klirrend schlugen die Säbelscheiden gegen die Steigbügel.

„Was ist geschehen, Sergeant?", fragte einer der Männer, nachdem er sein Pferd gezügelt hatte.

Der Indianer, der Sandy gefangen hatte, erwiderte etwas, das der Junge nicht verstehen konnte. Daraufhin glitt der Blick des Soldaten von Pegleg zu Sandy, um gleich darauf zu dem alten Mann zurückzukehren.

„Ich bin Leutnant Horne vom fünften Kavallerieregiment", sagte er und griff mit der behandschuhten Rechten an den Hutrand. „Wer sind Sie, und was, um alles in der Welt, suchen Sie in diesen gottverlassenen Bergen?"

„Wir sind auf dem Weg nach Westen", antwortete Pegleg, „und wussten nicht, dass die Armee schon so weit nach Süden vorgedrungen ist."

„General Mackenzie führt mit dem fünften und mehreren Eskadronen des sechsten Kavallerieregiments einen Straffeldzug gegen die aufständischen Stämme durch, um sie in ihre Reservationsgebiete zurückzudrängen", versetzte der Leutnant. „Jenseits dieser Hügelkette warten zwei Kompanien auf das Zeichen zum Angriff auf ein Indianerdorf. Der Sergeant wird Sie, Sir, und den Jungen zu unserem Wagenzug bringen. Dort werden Sie in Sicherheit sein, wenn die Attacke beginnt. Ich muss zurück zu meinem Kommando."

Ohne noch ein weiteres Wort zu verlieren, zog er sein Pferd herum und zwang es durch den tiefen Schnee zum

Kamm des Hügels hinauf. Die Soldaten, die mit ihm gekommen waren, folgten ihm.

Sandy saß wieder auf und ritt hinter Pegleg und dem Armeekundschafter her. Weiter nach Westen zu, wo sich der langgestreckte Hügelrücken jäh senkte, war der Packzug aufgefahren, von dem der Leutnant gesprochen hatte.

Zwölf schwere Wagen standen hier in langer Reihe im Schnee. Unter ihren Leinenplanen zeichneten sich die eisernen Spannreifen ab wie die Rippen unter dem Fell eines mageren Hundes.

Pegleg und Sandy hielten ihre Pferde gleich neben dem ersten Planwagen, dessen Maultiergespann eben ausgeschirrt und im Schutze des Wagenkastens an den großen Rädern festgebunden wurde.

Einer der Soldaten, ein Ire mit feuerrotem Haar, blickte zu Pegleg auf und fuhr sich mit der Zunge über die kältestarren Lippen, als er die lederumhüllte Flasche am Sattelhorn des Reiters sah.

„He, Alter", sagte er, „du hast bestimmt Whiskey in deiner Flasche. Für einen Schluck von dieser Medizin erwirbst du ein Ding von unschätzbarem Wert."

„Was denn?", fragte Pegleg mit unbewegtem Gesicht.

„Die ewige Dankbarkeit von Ben Miller, dem Stolz des fünften Kavallerieregiments."

„Und wer ist dieser Ben Miller?"

„Das bin ich", erwiderte der Soldat trocken.

Pegleg zuckte mit den Mundwinkeln, doch er löste den Riemen der Flasche vom Sattelhorn.

„Beantworte mir eine Frage, du Stolz des fünften Regiments: Habt ihr irgendwo in den Bergen einen einsamen Reiter gesehen, der ein Packpferd mit sich führte?"

„Wir haben nur Schnee zu Gesicht bekommen", gab der Soldat kopfschüttelnd zurück, und er schob sich die Kavalleriemütze aus der Stirn. „Schnee, Eis und Kälte. Bei Gott, bis zum Tage des Jüngsten Gerichts werde ich an diesen Feldzug denken."

Er nahm die Flasche entgegen, die Pegleg ihm reichte, öffnete sie und trank einen Schluck.

„Das brennt wie Feuer", sagte er, als er die Flasche abgesetzt hatte, und blinzelte durch einen Schleier von Tränen, die ihm der Whiskey in die Augen getrieben hatte, zu Pegleg hinauf. „Doch es gibt nichts, was besser wärmt."

Mit der Hand, in der er die Sattelflasche hielt, deutete er nach Süden. „Dort unten wird es bald heiß hergehen, sage ich euch. Irgendwo in dieser Schlucht soll es ein großes Indianerdorf geben. Major Keogh, der diesen Teil des fünften Regiments führt, hat eine Eskadron ausgeschickt, die das Dorf vom anderen Ende her angreifen und ihm die Utes entgegenjagen soll."

Sandy blickte zu den Soldaten hinab, die noch immer auf ihren, in der eisigen Luft dampfenden Pferden hielten. Ben Miller nahm schnell noch einen Schluck aus der Flasche, bevor er sie zurückgab. Pegleg hängte sie wortlos wieder an den Sattelknauf.

„Geht hinter den Wagen in Deckung, Männer!", rief ein Sergeant, und die Soldaten des Packzuges warfen sich mit schussbereiten Karabinern zwischen den mächtigen, eisenbeschlagenen Rädern in den Schnee.

Es war nun so still, dass man das Rumpeln in den Bäuchen der Maultiere hören konnte. In kalter, unberührter Pracht schimmerten die weißen Berge.

Sandy schlug fröstelnd den Kragen seines Mantels hoch und fing gleichzeitig einen nachdenklichen Blick Peglegs auf. Doch bevor er den Mund auftun und ein Wort hervorbringen konnte, wurde die merkwürdige Stille im Süden durch das unregelmäßige Geknatter von Schüssen zerrissen.

Sandy sah, wie der alte Mustangfänger sich in den Steigbügeln aufrichtete und lauschend den Kopf wandte. Durch das ungleichmäßige Gewehrfeuer drang ein Ton, der dem ehemaligen Soldaten in furchtbarer Weise vertraut sein musste: die einander folgenden Salven aus den Karabinern von Männern, die auf Kommando schießen.

Ein scharfer Kommandoruf ließ Sandy den Kopf wenden. In die Front der Kavallerieeskadrone am Fuß des Hügels war Bewegung gekommen. Die rot-weißen Kompaniefahnen entfalteten sich flatternd im Wind. Ein zweites Kommando, und hundert scharfgeschliffene Säbelklingen blitzten im Licht der trüben Wintersonne auf. Unruhig tänzelten die Pferde im Schnee.

Wie gebannt blickte der Junge zum Eingang der Schlucht hinab; noch immer flackerte dort unten Gewehrfeuer, wurde einmal leiser und nahm dann wieder an Heftigkeit zu. Ein schweres Gefecht musste in den felsigen, verschneiten Tiefen des Canyons im Gange sein.

Unendlich langsam verstrichen die Minuten, dann tauchten plötzlich mehrere Reiter im Eingang zur Schlucht auf und rissen ihre Pferde zurück, als sie die Soldaten sahen. Es waren Indianer.

Einen Augenblick lang sahen sie wie erstarrt zu den Kavalleriekompanien herüber, dann hob ein Reiter in gehörnter Büffelfellhaube eine Winchester hoch über den Kopf, stieß einen gellenden Schrei aus und raste geradenwegs auf die Soldaten zu.

Mitten im Ritt riss er sein Gewehr hoch, und Sandy sah Pulverrauch aus der Mündung der Winchester schießen. Der Knall des Schusses peitschte über die verschneite Ebene, und in den Reihen der Kavallerie brach wiehernd ein Pferd zusammen.

Und nun fluteten die Utes wie eine Woge aus der Schlucht hervor, dass der Schnee in Wolken aufstob. Ein Reiter in wehendem Federschmuck schwang eine rote Decke wie eine Fahne über dem Kopf.

Bis auf zweihundert Schritte hatten sich die Indianer den Soldaten bereits genähert, als endlich das erste Trompetensignal am Fuß des Hügels ertönte und die blauen Eskadronen anritten. Die ersten Meter legten sie im Schritt zurück, dann fielen sie in Trab, und der Trab wurde zu einem donnernden Galopp.

Atemlos vernahm Sandy ein Dröhnen wie von einem von der Axt gefällten niederstürzenden Baumriesen, als die beiden Linien zusammenstießen. Sandy sah den Fahnenträger, von einer Kugel getroffen, aus dem Sattel stürzen. Die Hufe der Indianerpferde stampften die stolze, amerikanische Fahne in den blutbefleckten Schnee. Säbelklingen blitzten. Pferde bäumten sich auf und warfen ihre Reiter ab. Das Schmettern der Regimentstrompete mischte sich mit dem schmerzlichen Wiehern verwundeter Pferde und den kurzen, gellenden Kriegsschreien der Utes; und überall peitschten Schüsse durch den stäubenden Schnee und den grauen Dunst des Pulverrauchs.

Sandy schrak zusammen, als Peglegs Hand plötzlich seine Schulter berührte. Der alte Mann hatte sich im Sattel zur Seite geneigt und gab dem Jungen nun stumm ein Zeichen, ihm zu folgen. Sandy nickte, und ohne dass einer der Soldaten des Packzuges sie beachtet hätte, ritten sie rasch in nordwestlicher Richtung davon.

Nach einer Meile stießen sie auf einen schmalen Flusslauf, an dessen Ufern sich frisches, krachendes Eis gebildet hatte. Pegleg sagte, dies sei der Büffelfluss.

„Und nun ist es an der Zeit, dass wir unser Lager aufschlagen", fuhr er fort.

Das waren die ersten Worte, seit sie die Soldaten verlassen hatten. Gleich darauf verfiel er wieder in Schweigen, und so ritten sie stumm, nur vom Schnauben ihrer Pferde und dem Knirschen des Sattelleders begleitet, den Fluss entlang.

*

Wie eine Scheibe glühender Bronze versank die Sonne im Westen. Es war nun fast windstill, und der Atem von Mensch und Tier dampfte in der eisigen Luft. Die Berge standen als riesenhafte, graue Schatten in der hereinbrechenden Dämmerung, und Kiefern, Fichten und Cottonwoodbäume hoben sich dunkel vom Schnee ab.

81

Nun war es Nacht, und der Schneesturm heulte in der schwarzen Luft über den kahlen Felszinnen. Doch in der Enge der Schlucht, in der Pegleg und Sandy ihr Lager aufgeschlagen hatten, war es windstill.

Ein kleines Feuer knisterte leise, und der Geruch brennenden Kiefernharzes mischte sich mit dem des Kaffees, der in der Kanne brodelte. Die beiden, der alte Mann und der Junge, hatten ihr Essen schweigend verzehrt und lagen nun da, in ihre Mäntel und Decken gehüllt, und blickten in die Glut.

Eine Stunde zuvor hatte Pegleg das Beil genommen und zwei kleine Fichten gefällt, hatte sie durch den Schnee zur Felswand geschleift und dagegen gelehnt. Und dann hatte er, das Beil dicht am Blatte fassend, sämtliche Zweige abgehackt, bis ein ganzer Haufen davon auf der Erde lag. An einer geschützten Stelle hatte er den Schnee von der Erde gekratzt und die Fichtenzweige reihenweise dort hingelegt, wie Federn, die übereinander greifen. Auf diese Weise waren zwei richtige Lagerstätten entstanden.

Pegleg richtete sich auf einem Ellenbogen auf und schob mit der anderen Hand frisches Holz in die Flammen. Eine Wolke feiner Schneekristalle stäubte von den Felsen herab, und die Pferde schnaubten leise. Ihre Augen schimmerten wie Kupfer im Feuerschein.

„Pegleg", fragte Sandy plötzlich, „warum sind wir nicht bei den Soldaten geblieben?"

Der alte Mann wandte sich um, und sein silberner Ohrring glitzerte im schwankenden Licht der Flammen. Es schien, als müsste er sich die Worte des Jungen erst durch den Sinn gehen lassen, bevor er zu einer Antwort ansetzte.

„Ein Atem der Gewalt geht von ihnen und von allem, was sie tun, aus", erwiderte er endlich. „Wie die meisten Menschen glauben auch sie, dass man die Dinge mit Gewalt ändern muss. Zuerst haben die Utes gekämpft und getötet; jetzt kämpfen und töten die Soldaten, um die Indianer in ihre Reservationsgebiete zurückzudrängen. Doch mit nackter Gewalt lässt sich kein wirklicher Frieden zurechtzimmern. Gewalt zeugt nichts als Gewalt, und Hass gebiert nur neuen Hass. Die meisten Menschen gehen mit geballten Fäusten durch das Leben, Sandy. Sie schlagen wie wild um sich und versuchen etwas zu erzwingen. Wenn sie ihre Fäuste öffnen würden, könnten sie das, was sie haben wollen, vielleicht ergreifen; aber sie kommen nicht auf diesen einfachen Gedanken."

Er verstummte und dachte nach, während er mit einem trockenen Ast in der Glut herumstocherte, um sie anzufachen. Das rote Licht flackerte über sein zerfurchtes Gesicht.

Sandy lag still und regungslos auf seinem Bett aus Fichtenzweigen und lauschte dem Sturm, dem Prasseln des Holzes im Feuer und dem Atem des alten Mannes, der seinen Gedanken nachhing.

„Und ebenso ist es mit Nevada", brach Pegleg endlich sein Schweigen und löschte die glimmende Spitze des Astes im Schnee. „Auch seine Fäuste sind immer geballt. Er hat nie gelernt zu vergeben, weißt du! Nicht einmal sich selbst kann er verzeihen. Nun sucht er irgendwo dort draußen in der Nacht nach dem schwarzen Mustang, um ihm mit Gewalt seinen Willen aufzuzwingen. Aber selbst, wenn es ihm gelingt, den Hengst zu fangen, wird er keine Ruhe finden. Das wird ihm erst gelingen, wenn er begreift, dass er selbst an dem, was geschah, die Schuld trägt und dass niemand zu stolz sein darf, sich selbst zu verzeihen."

„Glaubst du, es wird ihm gelingen, den Mustang zu fangen?", fragte Sandy nach einer Weile. Der alte Mann wiegte den Kopf hin und her und zuckte mit den Schultern.

„Nevada hat Erfahrung mit Wildpferden", gab er murmelnd zur Antwort, „und doch bin ich nicht sicher, ob er diesem schwarzen Teufel gewachsen ist. Die Mustanghengste sind die erbittertsten Kämpfer auf vier Beinen, und manche sterben lieber, bevor sie ihre Freiheit aufgeben. Vor einigen Jahren gab es unten im Süden, nahe dem Tal des Todes, einen milchweißen Mustanghengst. Er war so schnell, dass die Pferdefänger ihn den „Geist der Steppe" nannten. Eines Tages trafen ihn endlich zwei Büffeljäger mit seiner Herde an einem Wasserloch. Sie hetzten ihn vier Tage lang und wechselten dabei ständig die Pferde. Mehr als dreihundert Meilen legten sie so zurück. Am Nachmittag des letzten Tages jagten sie den Hengst über einen Bergrücken, der eine Bodensenke überragte, die mit alkalihaltigem Schlamm gefüllt war.

Der Mustang näherte sich einer steilen Felsenklippe am Ende des Berges, und ohne ein einziges Mal anzuhalten, stürzte er sich in die Tiefe. Als die beiden Männer am Rande des Felsens verhielten, steckte er bis zu den Schultern in dem giftigen Schlamm. Immer tiefer wühlte er sich hinein. Wenig später hob er den Kopf, rang noch einen Atemzug lang um Luft und versank dann vor den Augen seiner Verfolger.

Und vor einem Jahr wurde hier in der Nähe ein blaugrauer Hengst mit silbernem Schweif und silberner Mähne gefangen. Er kämpfte verzweifelt, griff vier Männer an, als sie versuchten, ihn festzubinden, setzte über eine hohe Hürde, durchbrach ein schweres Holzgatter und entkam. Einsam machte er sich auf den Weg nach Norden, und viele Pferdejäger haben ihn gesehen, wenn er nachts mit wehender Mähne auf einem Hügelkamm stand und sich gegen den aufgehenden Mond abzeichnete."

Pegleg schwieg, griff nach der Kaffeekanne am Rande des Feuers und füllte seinen Becher. Er umspannte ihn mit beiden Händen, blies auf den dampfenden Kaffee und trank in kleinen Schlucken.

„Ich habe Nevada im Stich gelassen", sagte er plötzlich. „Ich hätte ihn niemals fortreiten lassen dürfen. Er brauchte meine Hilfe, aber ich habe ihn im Stich gelassen."

„Das ist nicht wahr, Pegleg", widersprach Sandy, als er sah, wie verzweifelt der alte Mann auf einmal war. „Mein Vater sagte immer, dass jeder Mensch das tun müsse, was ihm bestimmt sei."

Ein bitteres Lächeln huschte über Peglegs Gesicht. „Ich hätte Nevada zurückhalten können", antwortete er. „Kurz bevor er in jener Nacht in den Sattel stieg, um wegzureiten, hielt er einen Augenblick inne, und ich sah ihn zögern. Ich glaube, ein Wort von mir hätte genügt, und er wäre geblieben. Ich aber war zu stolz, dieses Wort auszusprechen. Ich habe den gleichen Fehler begangen, den er bei seinem Jungen machte: Ich habe ihn nicht zurückgehalten. Weißt du, Sandy, wenn ein Mensch einsam und verzweifelt ist, wie Nevada es in jener Nacht war, dann braucht er die Gewissheit, dass er wenigstens einen Freund besitzt. Wenn er auch von ihm im Stich gelassen wird, fühlt er sich noch einsamer als zuvor und ist bereit, eine Tollheit zu begehen, selbst wenn er sein Leben dabei aufs Spiel setzt, wie bei der Jagd auf den schwarzen Mustang. Meinen rechten Arm würde ich dafür geben, könnte ich Nevada zurückholen. Ich wollte, dass du ihm den Sohn ersetzt, Sandy. Doch das war wohl nur der verrückte Gedanke eines alten Mannes."

„Was werden wir tun, Pegleg, wenn wir jenseits der Berge sind?", fragte Sandy, der es nicht mehr ertragen konnte, den alten Mann so reden zu hören.

„Wir werden auf einer großen Ranch, auf der Pferde gezüchtet werden, Arbeit suchen", erwiderte der Mustangfänger. „Ich werde mit meinem Holzbein vor der Küchentür in der Sonne sitzen und Kartoffeln schälen, Feuerholz hacken und Wasser vom Brunnen holen. Das sind Dinge, auf die ich mich verstehe, Dinge, die man einem alten Mann mit einem Stelzbein anvertrauen kann. Und ich werde an die Blockhütte auf der Mesa denken, an den Geruch der Pferde, der Salbeibüsche und des Holzrauches vom Kamin, an das Geheul der Wölfe in den stürmischen Winternächten, an den trockenen, weißen Staub der glühenden Sommertage – und an die wilden Pferde, die ich nicht mehr fangen kann."

Peglegs Stimme klang so leise und gebrochen, dass Sandy die letzten Worte kaum verstehen konnte. Der alte Mann trank seinen Kaffee aus und warf den Zinnbecher neben dem Feuer in den Schnee.

„Ich habe immer geglaubt, eines Tages würde mich ein Mustanghengst töten", fuhr er fort. „Und ich war zufrieden bei diesem Gedanken, denn dies schien mir eine gute Art zu sterben."

Er verstummte, schwieg eine Weile und sagte dann rau und ohne den Jungen anzusehen: „Schlaf jetzt! Wir haben morgen einen langen und schweren Weg vor uns, und ich möchte aufbrechen, bevor es hell wird."

Sandy schwieg. Ein Windstoß fachte die Flammen an, und der schwankende Feuerschein beleuchtete den alten Mann, der, auf einen Ellenbogen gestützt, auf dem Bett aus Fichtenzweigen lag. Sein Gesicht war ausdruckslos, und seine Augen waren von einer großen, schmerzenden Leere erfüllt.

Sandy zog den warmen, lammfellgefütterten Mantel, mit dem er sich zugedeckt hatte, bis zum Kinn empor. Er wusste sehr gut, was in dem alten Mann vorging. Pegleg nahm auf seine Weise Abschied von dem unbarmherzigen, harten Land mit seinen riesigen Herden wilder Pferde, den schimmernden Schneegipfeln der Sierra und den weißen, verbrannten Salzwüsten. Leben war für ihn ein im Gewittersturm wogendes Mesquitefeld auf einem Hügelhang. Leben war der Falke unter den Wolken. Leben war ein Schluck kühlen Wassers an einem glühenden Tag. Leben waren der Sattel auf dem Rücken eines Pferdes und ein Lasso am Horn des Sattels, das Geräusch aus den Nüstern des Pferdes und das Klirren der eisenbeschlagenen Hufe auf der harten, rissigen Erde.

Dort, wo er nun hinging, würde er nur noch ein alter Mann mit einem Holzbein sein, gerade gut genug, Handlangerdienste auf einer Ranch zu verrichten. Sandy wusste, dass Pegleg lieber in den Bergen, in denen er so lange gelebt hatte, gestorben wäre, als das Leben eines Handlangers zu führen; wenn er es dennoch tat, so tat er es für ihn. Sandy fühlte, wie es ihn bei diesem Gedanken in der Kehle würgte und wie ihm das trockene Schlucken schwer wurde. Unter dem Mantel, der ihm als Decke diente, ballte er die Hände krampfhaft zu Fäusten und presste die Lippen fest aufeinander.

Nachdem er eine Weile so auf den aufgeschütteten Fichtenzweigen gelegen hatte, hörte er das warnende Schnauben eines der Pferde. Er öffnete die Augen und sah, wie Pegleg sich mühsam erhob und die Winchester aus dem ledernen Sattelschuh zog.

Als er merkte, dass Sandy wach war, schüttelte der alte Mann beruhigend den Kopf. Sein silberner Ohrring blitzte im Flammenlicht.

„Es sind nur Wölfe, die sich zwischen den Felsen herumtreiben", murmelte er, bückte sich, ergriff einen armlangen Kiefernast und stieß ihn tief in die Glut, bis das Holz Feuer gefangen hatte.

„Schlaf du nur weiter!", sagte er dann und schwenkte den Ast durch die Luft, so dass die Flamme hell aufloderte. „Ich werde heute Nacht wachen, sonst haben wir morgen ein Pferd weniger. Die ersten Schneestürme machen die Wölfe stets toll vor Hunger."

Er nickte Sandy zu, ohne zu lächeln, und ging dann, die rauchende Fackel in der erhobenen Linken, die Winchester in der Rechten, durch den tiefen Schnee zu den Pferden.

Spuren im Schnee

Am Morgen war der Himmel wolkenlos und die Luft von jener kristallenen Klarheit, in der selbst meilenweit entfernte Berge zum Greifen nahe scheinen.

Als die Sonne aufging, hatten sich Pegleg und Sandy bereits eine Meile weit durch die schier endlosen Schneeverwehungen gekämpft. Endlich erreichten sie ein ausgetrocknetes Flussbett, das von steilen, mit dürrem Manzanitagestrüpp bewachsenen Hängen geschützt war; und hier lag der Schnee gerade so hoch, dass die Hufe der Pferde bei jedem Schritt auf nacktem Geröll klirrten. Nachdem sie den Windungen des Flussbettes eine Zeitlang gefolgt waren, zügelte Pegleg auf einmal sein Pferd.

„Sieh dir das an, mein Junge!", sagte er und deutete mit der Hand nach vorn.

Dort, wo sie nun hielten, waren die Uferböschungen so flach, dass sie unter Schneeverwehungen verschwanden. Überall waren Manzanitabüsche und Dorngestrüpp niedergebrochen, und in weitem Umkreis war der Schnee so zerstampft, dass das Felsgeröll hervor sah.

„Heute Nacht", fuhr der alte Mann fort, „hat hier eine riesige Mustangherde das Flussbett durchquert. Es ist schwer zu sagen, wie viele Pferde es waren, aber es müssen mehr als hundert gewesen sein." Er folgte der breiten Fährte mit den Blicken. „Ihre Spuren führen geradenwegs dort hinauf."

Mit einem Kopfnicken deutete er auf die Felsenberge, deren ungeheure Wände und Türme sich düster im Norden erhoben. Er trieb sein Pferd mit einem Stoß seines Sporns die flache Steigung hinauf, und Sandy folgte ihm, die Packpferde hinter sich herziehend.

Am Fuß der Felsenberge, wo verdorrte Knorreichen und verkrüppelte Kiefern die vom Sturm schneefrei gefegten Hänge bedeckten, hielt Pegleg abermals an und neigte sich im Sattel zur Seite, soweit sein Holzbein es erlaubte.

Und nun sah auch Sandy die aus Norden kommende Spur zweier Pferde, die sich deutlich im dünnen Schneeharsch abzeichnete.

„Zwei beschlagene Tiere", murmelte der alte Mustangfänger. „Das kann nur Nevada gewesen sein." Er lehnte sich im Sattel zurück und blickte zu den eisengrauen Felszinnen hinauf, auf denen der kalte, hohe blaue Himmel rastete.

„Er ist irgendwo dort oben", fuhr er mit seltsam klingender Stimme fort, dann winkte er Sandy, ihm zu folgen, und zwang sein Pferd, den steilen Hang zu erklimmen.

Der Braune schnaubte unruhig und warf den Kopf hin und her, dass Zaumzeug und Trense klirrten, denn anders als die Mustangs mit ihren unbeschlagenen Hufen, fand er mit seinen Eisen nur unsicheren Halt auf dem verharschten Boden.

Sandy hatte alle Mühe, dem alten Mann zu folgen, der auf einmal von Furcht und Unrast befallen zu sein schien. Dennoch erreichte er dicht hinter Pegleg den Rand einer kleinen Mesa, die kaum breiter als zwanzig Schritte war und am Fuß einer von tiefen Rinnen zerfurchten Felswand endete. Die Spuren vieler hundert scharfkantiger Hufe führten durch niedergebrochenes Ginstergebüsch an dieser Wand entlang. Die Fährte des einsamen Reiters, der den Wildpferden gefolgt sein musste, war in dem zerstampften Schnee nicht mehr zu erkennen.

Pegleg ließ einen Strahl Tabaksaft auf die Erde klatschen, wischte sich den Mund mit dem Handrücken und sah sich um. Seine Augen waren zu schmalen, von fächerförmigen Falten umgebenen Spalten zusammengekniffen, und seine linke Hand spielte unruhig mit den Zügelriemen.

„Du musst dich von nun an dicht hinter mir halten, Sandy", sagte er. „Und sieh zu, dass dein Pferd nicht zu nahe an den Abgrund gerät; Pferde sind nicht so sicher im Tritt wie Maultiere."

Sandy folgte dem alten Mann vorsichtig, als dieser weiterritt. Der Boden wurde nun immer härter und fiel jenseits des schartigen Felsenrandes zu ihrer Linken steil in eine ungeheure, schimmernde Tiefe ab.

Sandy löste das Seil, an dem die Packpferde in langer Reihe festgebunden waren, von seinem Sattelhorn, um nicht von einem stolpernden, stürzenden Tier in den Abgrund gerissen zu werden.

Noch waren sie keine zwanzig Schritte weit gekommen, als plötzlich ein dumpfes, anhaltendes, immer lauter werdendes Grollen, wie von einem fernen Gewitter, die Luft erfüllte und die Erde erzittern ließ.

Sandy sah, wie Pegleg sich im Sattel aufrichtete und ruckartig den Kopf hob, um zu lauschen. Die nach vorn gerichteten Ohren der Pferde begannen unruhig zu spielen. Die Tiere wichen schnaubend zurück und wollten dem Druck der Zügel nicht mehr gehorchen. Ihre großen dunklen Augen bekamen einen wilden, angstvollen Glanz.

Die Packpferde versuchten sich loszureißen, und Sandy musste alle Kraft aufbieten, um das Seil, mit dem sie zusammengebunden waren, festzuhalten.

Das Grollen wurde immer lauter, schrilles Gewieher mischte sich hinein, und dann tauchten, wie aus dem Nichts, die ersten Mustangs mit wehenden Mähnen und donnernden Hufen vor dem alten Mann und dem Jungen auf.

Das Tal der wilden Pferde

„Schnell, Sandy, zur Felswand hinüber!", rief Pegleg. Er warf sein scheuendes Pferd herum, stieß ihm den Sporn in die Weiche und zwang das vor Angst fast verrückte Tier so dicht an die Wand heran, dass sein Bein über den rauen Felsen scheuerte und sein Steigbügel gegen den Stein klirrte.

Wie eine gewaltige Woge fluteten Hunderte von Mustangs heran. Sandy sah einen breiten, alles mit sich reißenden Strom von Pferderücken, flatternden Mähnen und hochgereckten Pferdeköpfen mit angelegten Ohren, geweiteten Augen und dampfenden Nüstern auf sich zukommen. Im letzten Moment ließ er das Seil los, an dem er die Packpferde den ganzen Weg geführt hatte, und trieb seinen Braunen neben Peglegs Hengst an den Fuß der ragenden Felswand.

Das Donnern der vorbei jagenden Herde war so laut, dass jedes andere Geräusch darin unterging. Nur für einen Augenblick wurde das Grollen der stampfenden Hufe von einem schrillen, entsetzten Wiehern übertönt, als eines der Packpferde, das sich von den anderen losgerissen hatte, über den Rand des Abgrunds in die Tiefe stürzte.

Die Schulter eines Mustangs traf Sandys Bein und riss es aus dem Steigbügel. Verzweifelt klammerte sich der Junge an das Sattelhorn, um nicht abgeworfen zu werden und unter die mörderischen Hufe der Mustangs zu geraten. Sein Pferd schnaubte angstvoll und kämpfte gegen die Zügel, wobei sein Kopf hart gegen den Felsen schlug.

Pegleg beugte sich zur Seite, ergriff Sandys Braunen dicht unterhalb der eisernen Trense am Zügel und hielt ihn fest, während die Wildpferde vorbeifegten und den steilen Hang hinabfluteten, über den der alte Mann und der Junge eben erst heraufgeritten waren. Wären sie dort, wo sie nicht schnell genug hätten ausweichen können, auf die fliehenden Mustangs gestoßen, so hätte die gewaltige Herde sie in den Boden gestampft.

Die Luft war noch erfüllt vom Dröhnen der Hufe, als die letzten Tiere hinter dem oberen Rand des Abhanges verschwanden. Pegleg ließ Sandys Pferd los, das wie nach einem Gewaltritt am ganzen Leib zitterte. Dann warf er seinen Hengst herum, der den Zügeln kaum gehorchen wollte, und galoppierte auf die Stelle zu, wo die Mustangs zwischen den Felsen aufgetaucht waren. Dort brachte er das Tier mit einem so heftigen Ruck zum Stehen, dass es in den Hinterbeinen einknickte.

Sandy hielt neben ihm und blickte atemlos in einen weiten Talkessel hinab, dessen Eingang sich vor ihnen öffnete. Umgeben und geschützt war er von ungeheuren Felsentürmen.

„Da!", stieß Pegleg hervor. Er hob die in einem schweren Lederhandschuh steckende Rechte, und nun sah auch Sandy den Reiter und den riesenhaften schwarzen Mustang auf dem zerstampften Schnee des Talbodens. Sandy öffnete den Mund, um etwas zu sagen, doch im gleichen Augenblick schienen die beiden Pferde dort unten miteinander zu verschmelzen. In wildem Ansturm hatte sich der Mustanghengst gegen Nevadas Pferd geworfen. Sandy sah, wie er mit den mächtigen Zähnen zubiss. Blut spritzte in den Schnee. Nevadas Tier versuchte, dem wütenden Angriff auszuweichen, da bäumte sich der Mustang auf, stand sekundenlang wie ein schwarzer Felsen aufrecht, und dann trafen seine wirbelnden Hufe mit furchtbarer Wucht.

Nevadas Pferd stieß ein schrilles Wiehern aus, dann brach es zusammen und wälzte sich im stiebenden Schnee. Nevada wurde aus dem Sattel geschleudert, und sofort ließ der Mustang von dem Pferd ab und wandte sich dem Mann zu. Nevada kam taumelnd auf die Beine, und Sandy sah, dass er seine Winchester in der Rechten hielt. Er nahm sie beim Lauf und schwang sie wie eine Keule, als der schwarze Hengst ihn angriff, doch ein Hufschlag riss sie ihm aus den Händen.

Mit einem Wiehern, das wie ein Kriegsschrei klang, bäumte sich der Mustang abermals auf. Nevada wich zurück, sein linkes Bein knickte ein, und er fiel rücklings in den Schnee. Er wälzte sich herum, und dort, wo er eben noch gelegen hatte, stampften die Hufe des Wildpferdes mit solcher Gewalt auf, dass Schnee und Brocken vom gefrorenen Erdreich hochflogen.

Pegleg riss den langen, alten Dragonercolt unter seinem Schaffellmantel hervor und feuerte drei Schüsse in die Luft. Dröhnend kam der Widerhall von den ungeheuren Felszinnen, die den Talkessel überragten, zurück.

Mit einem Ruck fiel der schwarze Hengst auf alle vier Hufe zurück und verharrte zitternd, dann warf er sich herum, galoppierte mit erhobenem Schweif einige Schritte auf den Ausgang des Tals zu, sah die beiden Reiter, die ihm den Fluchtweg versperrten, und hielt schnaubend an. Eine Sekunde lang stand er vollkommen bewegungslos, wie der düstere Schatten eines Felsens im Mondlicht, dann weiteten sich seine Nüstern und eine weiße Atemwolke drang aus ihnen hervor. In donnerndem Galopp jagte er auf Pegleg und Sandy zu.

Der alte Pferdefänger schob den Armeecolt wieder unter den Mantel. Er löste die Lassorolle vom Sattelknauf und öffnete die schlaff herabhängende Schlinge mit einer schlenkernden Handbewegung, dann stieß er seinem Braunen den Sporn in die Weiche und ließ ihn aus dem Stand heraus in Galopp fallen.

Sandy sah, wie er die Zügel in die linke Hand nahm und mit der anderen das Lasso über dem Kopf schwang. Der Mustang änderte ein wenig seine Fluchtrichtung, um an dem Reiter vorbeizukommen, doch Peglegs Pferd schnitt ihm den Weg ab.

Atemlos beobachtete Sandy, wie die Lassoschlinge durch die Luft flog und sich zu einem weiten Rund formte. Einen Augenblick lang glaubte er, sie müsse den Hengst verfehlen, doch dann sah er, wie sie sich um seinen starken, geschwungenen Hals legte. Ohne das Lasso auch nur zu beachten, stürmte der Mustang weiter.

Pegleg warf seinen Braunen herum, um den Ruck des sich straffenden Seils abzufangen. Der Wildhengst wurde am Hals herumgerissen und stand keuchend da.

Er war kaum zehn Schritte vom Ausgang des Talkessels und keine zwanzig vom Rand des Abgrundes entfernt. Deutlich konnte Sandy das eine ihm zugewandte große, dunkle, wilde Auge des Tieres sehen, das mit geweiteten Nüstern nach Atem rang.

Der Hengst setzte zu einem Angriff auf Pegleg an, doch da war Nevada schon neben ihm und schleuderte seine Lassoschlinge am Boden entlang. Im Vorbeirennen trat das Pferd mit dem rechten Vorderfuß in die Schlinge; Nevada zog das Seil an, und das Fesselgelenk war gefangen. Nevada lief hinter den Mustang und warf ihm das Seil über den Rücken. Auf der anderen Seite zog er es mit einem Ruck an, das Knie des Pferdes knickte ein, und der Huf presste sich fest gegen seine Rippen.

Nevada wickelte sich das Lasso um den Arm und lehnte sich mit aller Kraft zurück. Der gefesselte Huf des Hengstes wurde noch strammer emporgezogen, und langsam sank das Tier zusammen, bis sein Knie den Boden berührte. Ohne das Seil auch nur für einen Augenblick locker zu lassen, zog sich Nevada Hand um Hand an den Mustang heran; und als er nur noch einen Schritt entfernt war, hob er den Stiefel, setzte den Absatz hinter die Schulter des Pferdes und stieß zu, so dass das Tier auf die eine Flanke fiel. Doch im Fallen schnellte plötzlich sein rechter Huf heraus, und das Lasso wurde aus Nevadas behandschuhten Händen gerissen.

Der Hengst kam auf die Beine und stürzte sich in hohen Sprüngen auf Nevada. Im nächsten Moment jedoch straffte sich Peglegs Lasso, dessen Schlinge noch immer um seinen Hals lag. Der Mustang wurde so heftig zurückgerissen, dass er in den Hinterbeinen einknickte. Er drehte sich, fast auf der Hinterhand sitzend, im Kreis und griff Pegleg an. Der Widerschein des Sonnenlichts loderte wie gelbes Feuer in seinen Augen, und seine Atemwolke stand wie Rauch in der Luft.

Der alte Pferdefänger sah ihn kommen und wusste, dass er keine Möglichkeit hatte, ihm auszuweichen, denn sie waren durch das Lasso miteinander verbunden. Schnell beugte er sich im Sattel vor und griff nach dem Kolben des Gewehres, der unter der linken Satteltasche hervorragte. Zu spät.

Sandy schrie auf, als er sah, wie Pegleg unter dem wilden Ansturm des Mustangs im Sattel schwankte, den Steigbügel verlor und schwer in den Schnee stürzte. Drohend bäumte sich der schwarze Hengst über ihm auf, und seine Hufe zerrissen das Seil, das ihn an Peglegs Sattelhorn fesselte, mit einem einzigen Schlag, bevor sie mit furchtbarer Wucht auf den alten Mann niederfielen.

Nevada warf sich mit aller Kraft gegen den Mustang und presste seine Schulter gegen die Schulter des Tieres, um es von Pegleg wegzudrängen. Dabei ergriff er das herabhängende Lasso mit beiden Händen dicht unter den Kinnbacken des Pferdes und hängte sich mit seinem ganzen Gewicht daran, um den Hengst in die Knie zu zwingen. Der Mustang bewegte sich, schnaubend und keuchend rückwärtsgehend, in kleinen, zitternden Schritten auf den Abgrund zu. Nevada wurde ein Stück weit mitgeschleift, dann schwang er die Beine nach vorn, spreizte sie und stemmte die Stiefelabsätze in die Erde. Die Anstrengung verzerrte sein Gesicht.

Auf einmal blieb der Hengst stehen und ging auf ein Knie nieder. Seine Nase senkte sich und ruhte auf dem Boden, als machte er eine Verbeugung, während Blut aus seinen Nüstern rann, und sein Atem kleine Wolken Schnee in die Höhe trieb.

„Schling das Ende des Seils um den Baumstamm dort drüben!", keuchte Nevada, der aus den Augenwinkeln gesehen hatte, dass Sandy sich aus dem Sattel warf, um zu Pegleg zu laufen.

Sandy fuhr sich mit der Hand über das Gesicht und sah sich hastig um. Seit er gesehen hatte, wie Pegleg vor die Hufe des Mustangs fiel, war alles in ihm wie erstarrt.

Das zerrissene Ende des Lassos lag zu seinen Füßen im Schnee, wohin eine wilde Bewegung des schwarzen Hengstes es geschleudert hatte. Sandy hob es auf und lief damit auf einen verdorrten, von der Sonne gebleichten Cottonwoodbaum zu, der hart am Rand des Abgrunds aus einer tiefen Felsspalte ragte. Sein Holz war glatt, trocken und hart wie Eisen.

Sandy war kaum noch zwei Schritte von ihm entfernt, als der Mustanghengst sich noch einmal mit verzweifelter Anstrengung aufrichtete und den Kopf hin und her warf, als könnte er so die Last abschütteln, die an der würgenden Lassoschlinge an seinem Hals hing.

Mit einem scharfen Ruck wurde das Seil aus Sandys Händen gerissen. Er stolperte und fiel nach vorn gegen den Cottonwoodstamm, der sich unter seinem Gewicht knarrend zu neigen begann.

Entsetzt klammerte sich Sandy an das ausgedörrte Holz. Er hörte, wie sich Steine und Felsbrocken vom Rand des Abgrundes lösten und donnernd in die Tiefe stürzten.

Der Stamm neigte sich mehr und mehr und reckte seine dürren, harten Wurzeln in die Luft. Das Holz ächzte leise, ein weiterer Wurzelstrang riss mit einem pistolenschussartigen Knall, und wieder lösten sich Erde und Geröll und rieselten in dünnem Strom an der Felswand hinab.

Sandy blickte in die ungeheure Tiefe, über der er hing, und sein Mund war trocken vor Angst. Er versuchte, sich Handbreit um Handbreit auf dem eisenharten Holz zurückzuschieben, verharrte aber mitten in der Bewegung, als er das unheilvolle Beben spürte, das durch den Cottonwoodstamm ging. Seine Füße tasteten blindlings nach dem Rand des Felsens, erreichten ihn aber nicht. Er stieß einen schluchzenden Laut aus und wandte mühsam den Kopf, während sich der Stamm mit dürrem Knirschen immer tiefer über den Abgrund neigte.

Nevada hatte den Mustang zu Boden gezwungen und lag nun mit der linken Schulter auf dem Hals des Tieres, während er mit seiner rechten Hand versuchte, eine Seilschlinge um das dampfende Pferdemaul zu legen. Die Hufe des Hengstes scharrten hilflos im zertrampelten Schnee.

Pegleg, der wenige Schritte entfernt auf der Erde lag, wälzte sich auf eine Seite und versuchte, sich auf dem Ellenbogen emporzustemmen, doch seine Kraft reichte nicht mehr aus.

„Nevada, der Junge!", stieß er hervor. Seine Stimme klang wie ein leises, ersticktes Flüstern, doch Nevada hatte es gehört, und während er noch immer den Kopf des Mustangs in den Schnee presste, sah er über die Schulter. Sein Gesicht, in dem, verzerrt von der Anstrengung des Kampfes gegen den Hengst, jeder Muskel scharf und kantig hervortrat, erstarrte. Er wollte dem Jungen die Hand reichen, um ihm zu helfen, und wusste doch zugleich, dass der Mustang für immer für ihn verloren war, wenn er ihn, nun, da er ihn zu Boden gezwungen hatte, noch einmal freigab.

Noch hielt er den Kopf des Pferdes im Arm und in der anderen Hand das Seil, das er ihm als Zügel hatte anlegen wollen. Er fühlte den heißen Atem des Tieres auf seinen Händen, während er sah, wie der dürre Cottonwoodstamm sich immer tiefer neigte und seine Wurzeln immer höher in die Luft reckte. Holz brach mit einem splitternden Laut, und ruckartig senkte sich der Baum.

Nevada ließ den Kopf des Mustanghengstes los und kam taumelnd auf die Beine. Im letzten Augenblick packte er das eine Handgelenk des Jungen und riss ihn zu sich herüber auf den Rand des Felsens. Und zugleich zersprang der letzte Wurzelstrang, und Steine, Schnee und Erdreich mit sich reißend, schoss der Stamm in die Tiefe.

Sandy blieb wie betäubt im Schnee liegen, der sich eisig gegen sein Gesicht und seine Hände presste. Er hörte das dumpfe, splitternde Krachen, mit dem der verdorrte Baumstamm irgendwo tief unten aufschlug; doch er hörte es nur mit halbem Ohr, denn sein keuchendes Atmen schien alle anderen Geräusche zu übertönen.

Erst als die Kälte des Schnees in seinem Gesicht fast unerträglich wurde, hob er den Kopf und wischte sein Gesicht mit dem Mantelärmel ab. Er richtete sich auf den Knien auf und sah sich um.

Zehn Schritte von ihm entfernt stand Nevada. Er starrte auf das zerrissene Ende des Lassos in seiner Hand und warf es dann wieder in den Schnee. Der schwarze Hengst war nirgendwo zu sehen.

*

Das Sonnenlicht fiel hell auf Nevadas Gesicht. Er hatte seinen abgegriffenen, dunklen Texashut verloren, und seine pelzgefütterte Jacke und die schweren, ledernen Überhosen waren mit Staub und Schnee bedeckt. Sein Gesicht war von Erschöpfung gezeichnet, die tiefe Furchen in seinen Wangen hinterlassen hatte. Es war ein Gesicht, in dem nur die Augen zu leben schienen.

Nach einer Weile wandte er sich ab, ging zu Pegleg hinüber und fiel neben dem alten Pferdejäger, der hilflos auf der Erde lag, auf beide Knie nieder. Pegleg blickte unverwandt zu ihm auf. Sein Kopf ruhte im Schnee, seine Augen waren schmerzverdunkelt, und sein Gesicht war grauer als ein Morgen ohne Sonnenaufgang.

Nevada schob ihm den rechten Arm unter den Nacken, um ihn ein wenig aufzurichten. Er sah, dass der alte Mann starb, und es würgte ihn so sehr in der Kehle, dass er nicht zu sprechen wagte, aus Furcht, die Stimme könnte ihm versagen.

Pegleg stöhnte auf. „Lass mich hier liegen!", bat er mit einer Stimme, die leiser war als das Wispern des Windes in verdorrtem Salbeigestrüpp. „Etwas in meiner Brust ist zerbrochen, als mich die Hufe des Hengstes trafen. Ich habe das Krachen gehört, als es brach. Ich weiß, mir bleibt nicht mehr viel Zeit, Nevada. Was ich noch zu sagen habe, muss ich schnell sagen."

„Warum hast du das getan? Warum hast du versucht, mir zu helfen?", stieß Nevada hervor.

„Du hast mir einmal das Leben gerettet, und das ist eine Schuld, die schwer abzutragen ist." Er ließ den Kopf zur Seite sinken. „Was ist mit dem Hengst geschehen?", fragte er leise.

„Er ist mir entkommen", erwiderte Nevada. „Ich musste mich zwischen dem Pferd und dem Jungen entscheiden, mein Alter."

„Und du hast eine gute Wahl getroffen", flüsterte der alte Mustangfänger. „Das Pferd hast du verloren, aber dafür hast du einen Sohn gewonnen. Ein Mann sollte einen Sohn haben, dann ist er weniger einsam. Von nun an musst du dich um den Jungen kümmern, Nevada. Mach einen Mann aus ihm!"

„Er ist mein Sohn, und ich werde einen Mann aus ihm machen", sagte Nevada mit hölzerner Stimme.

„Ich glaube dir", erwiderte Pegleg. „Ich glaube dir, weil du den Hengst hast entkommen lassen, um den Jungen zu retten."

„Du hattest recht, mein Alter", sagte Nevada. „Der Mustang ist nicht mehr wichtig. Er war nicht mehr wichtig in dem Augenblick, in dem es um das Leben des Jungen ging."

„Ich wusste, du würdest es eines Tages begreifen", flüsterte Pegleg. Er hustete, und helles Blut trat auf seine Lippen und rann aus seinem Mundwinkel in den Schnee. Er lächelte Sandy zu, und als er sah, wie die Lippen des Jungen zuckten und zitterten und wie seine Augen sich mit Tränen füllten, nahm er noch einmal seine ganze Kraft zusammen.

„Du brauchst nicht um mich zu weinen", sagte er mühsam. „Dort, wohin ich gehe, geht die Sonne niemals hinter den Bergen unter. Es ist ein weites Land mit unermesslichen

Herden wilder Pferde, Sandy. Im Sommer, wenn ein Gewitter über den Bergen tobt, kannst du die Hufe der Mustangs unter dem Himmel donnern hören, denn sie jagen mit dem Sturmwind über den Wolken dahin.

Es ist gut, unter dem freien Himmel zu sterben und die Sonne zu sehen – bis zuletzt. Und in diesem Tal werde ich nicht allein sein, denn eines Tages werden die wilden Pferde zurückkommen. Nun ist alles, was zu tun war, getan, und ich bin am Ende meines langen Rittes angekommen. Gib mir deine Hand, Nevada!"

Er ergriff Nevadas Rechte und tastete dann nach der Hand des Jungen. Mühsam legte er die beiden Hände ineinander, lächelte und schloss die Augen. Sanft fiel sein Kopf zur Seite – und es war alles getan.

*

Sandy stand nahe dem Steinhügel, unter dem Pegleg lag, im Schatten eines ungeheuren Felsenturms, wo der Schnee grau wie Blei war, und er starrte auf die Felsbrocken, ohne sie zu sehen. Er war müde und erschöpft, und alles in ihm war wie erstarrt.

Nevada zog den Sattelgurt seines Pferdes an. Flüchtig ruhte seine Hand auf dem glatten Leder des Sattels, dann trat er zu Sandy und blieb hinter ihm stehen.

„Du weißt doch, wohin er gegangen ist", sagte er mit schwerer Stimme. „In das Land jenseits der Wolken, wo riesige Mustangherden durch die Berge und Wüsten ziehen und die Sonne niemals untergeht."

Er zog seine schweren, von Lassostriemen zernarbten Lederhandschuhe, die er hinter den Revolvergurt geschoben hatte, heraus und streifte sie langsam über.

„Die Abenddämmerung wird bald hereinbrechen", sagte er in die tiefe Stille hinein, in der, außer dem Atem des Windes, nichts zu hören war. „Komm, mein Junge, wir müssen weiterreiten."

„Ja, Sir!", erwiderte Sandy. Er fühlte Nevadas Hand auf seiner Schulter, doch er sah nicht auf.

„Ein Mensch stirbt erst dann wirklich, wenn niemand mehr da ist, der sich seiner erinnert", sagte Nevada. „Und darum wird Pegleg nicht sterben, solange einer von uns lebt."

Er schwieg und hob seine Wasserflasche und die Winchester auf, die dort im Schnee lagen, wo sein Brauner unter dem Angriff des Mustanghengstes zusammengebrochen war.

Dann ging er hinüber zu den drei Pferden, die mit gesenkten Köpfen am Fuß einer Felswand standen. Der Wind zerrte an ihren Mähnen und trieb ihnen die Schweife zwischen die Beine.

Nevada schlang den Riemen der lederumhüllten Blechflasche um den Sattelknauf und schob die Winchester in den Sattelschuh. Er richtete den linken Steigbügel, schob den Stiefel hinein, saß auf und griff nach den zusammengeknoteten Zügeln der Tiere.

Unter den letzten Strahlen der Abendsonne sah das Tal einsam und verlassen aus. Die langen, weichen Schatten schienen im Schnee zu verschmelzen, und die Felsentürme im Westen hatten Ränder aus leuchtendem Silber. Kupferfarbene Wolkenstreifen standen unbeweglich in dem hohen, kalten, klaren Himmel. Der Atem der Pferde dampfte.

Im Schritt ritt Nevada zu dem Steinhügel hinüber und zügelte seinen Braunen neben Sandy. Das Tier schnaubte, warf den Kopf hoch und riss heftig an der Kandare.

„Pegleg wird nicht immer einsam bleiben", murmelte Nevada, „denn eines Tages, wenn der Schnee schmilzt, werden die Mustangs in das Tal zurückkehren und in seiner Nähe weiden."

Er beugte sich aus dem Sattel und reichte Sandy die ledernen Zügelriemen seines Pferdes.

„Komm, mein Junge!" sagte er. „Komm – mein Sohn!"

ENDE

Verpassen Sie keine Neuerscheinung!

Tragen Sie sich in den Newsletter von *EK-2 Militär* ein, um über aktuelle Angebote und Neuerscheinungen informiert zu werden und an exklusiven Leser-Aktionen teilzunehmen.

Als besonderes Dankeschön erhalten Sie **kostenlos** das E-Book »Die Weltenkrieg Saga« von Tom Zola.

Deutsche Panzertechnik trifft außerirdischen Zorn in diesem fesselnden Action-Spektakel!

Sichern Sie sich jetzt die nächsten Bände!

Entdecken Sie weitere spannende und historische Western-Abenteuer der Roman-Reihe „**Das Gesetz des Westens**"!

Heißer als die Hölle – Der Unzähmbare Band 1
von Rocky G. Hollister

„Der Revolverheld Waco eilt seinem Freund und Marshal des von Banditen terrorisierten El Pasos zu Hilfe."

Freuen Sie sich auf regelmäßige Neuerscheinungen von EK-2 Publishing, Ihrem Verlag für historische Literatur! Hier geht es direkt zur Reihe:

103

Mehr von EK-2 Militär!

Was wäre, wenn die fähigsten deutschen Offiziere den Krieg nach ihren Vorstellungen geführt hätten? – Finden Sie es heraus mit der fesselnden Alternativweltserie „**Imperium Germanicum**"!

Begeben Sie sich auf eine einmalige Reise in jene Zeit, die die Schweiz, wie wir sie heute kennen, geformt hat. Tauchen Sie in die historische Mittelalterserie **„Die Nacht am Feuer"** ein!

Ihre Zufriedenheit ist unser Ziel!

Liebe Leser, liebe Leserinnen,

hat Ihnen unser Buch gefallen? Haben Sie Anmerkungen für uns? Kritik? Bitte zögern Sie nicht, uns zu schreiben. Wir werden jede Nachricht persönlich lesen und beantworten.

Schreiben Sie uns: info@ek2-publishing.com

Wussten Sie schon, dass Sie uns dabei unterstützen können, deutsche Militärliteratur sichtbarer zu machen? Bitte nehmen Sie sich einen Moment Zeit und bewerten Sie dieses Buch auf Amazon. Viele positive Rezensionen führen dazu, dass das Buch mehr Menschen angezeigt wird.

Sie können somit mit wenigen Minuten Zeitaufwand unserem kleinen Familienunternehmen einen großen Gefallen tun. Vielen Dank für Ihre Unterstützung!

PS: In seltenen Fällen kommt ein Buch beschädigt beim Kunden an. Bitte zögern Sie in diesem Fall nicht, uns zu kontaktieren. Selbstverständlich ersetzen wir Ihnen das Buch kostenlos.

Impressum

Eine Veröffentlichung der EK2-Publishing GmbH
Friedensstraße 12, 47228 Duisburg
Handelsregisternummer: HRB 30321
Geschäftsführerin: Monika Münstermann

E-Mail: info@ek2-publishing.com
Website: www.ek2-publishing.com

Autor: Peter Dubina
Cover/Umschlag: Mario Heyer
Lektorat: Eduard Krisan
Buchsatz: Eduard Krisan

1. Auflage, November 2024

www.ingramcontent.com/pod-product-compliance
Lightning Source LLC
LaVergne TN
LVHW051449170726
843492LV00002B/617